16	3	2	13
5	10	11	8
9	6	7	12
4	15	14	1

Anne Carson

AUTOBIOGRAFIA DO VERMELHO

Um romance em versos

Tradução
Ismar Tirelli Neto

editora■34

EDITORA 34

Editora 34 Ltda.
Rua Hungria, 592 Jardim Europa CEP 01455-000
São Paulo - SP Brasil Tel/Fax (11) 3811-6777 www.editora34.com.br

Copyright © Editora 34 Ltda. (edição brasileira), 2021
Copyright © 1998 by Anne Carson

A FOTOCÓPIA DE QUALQUER FOLHA DESTE LIVRO É ILEGAL E CONFIGURA UMA
APROPRIAÇÃO INDEVIDA DOS DIREITOS INTELECTUAIS E PATRIMONIAIS DO AUTOR.

Título original:
Autobiography of Red

Imagem da capa:
Erupção do monte Etna em 1637,
gravura do livro Mundus subterraneus, *de Athanasius Kircher*

Capa, projeto gráfico e editoração eletrônica:
Franciosi & Malta Produção Gráfica

Revisão:
Danilo Hora, Camila de Moura

1ª Edição - 2021 (1ª Reimpressão - 2023)

CIP - Brasil. Catalogação-na-Fonte
(Sindicato Nacional dos Editores de Livros, RJ, Brasil)

Carson, Anne, 1950

C724a   Autobiografia do vermelho / Anne Carson;
tradução de Ismar Tirelli Neto. — São Paulo:
Editora 34, 2021 (1ª Edição).
192 p.

Tradução de: Autobiography of Red

ISBN 978-65-5525-085-5

1. Literatura canadense. I. Tirelli Neto,
Ismar. II. Título. III. Série.

CDD - 820C

AUTOBIOGRAFIA
DO VERMELHO

Carne vermelha: Que diferença fez Estesícoro? 9

Carne vermelha: Fragmentos de Estesícoro 13

Apêndice A: Testemunhos acerca da questão
do cegamento de Estesícoro por Helena 18

Apêndice B: A palinódia de Estesícoro
por Estesícoro (Fragmento 192
Poetae Melici Graeci) 19

Apêndice C: Esclarecendo a questão do cegamento
de Estesícoro por Helena 20

Autobiografia do vermelho

    I. Justiça 25

    II. Cada 28

    III. Brilhantes 33

    IV. Terça-feira 38

    V. Porta de tela 41

    VI. Ideias 42

    VII. Mudança 44

    VIII. Clique 46

    IX. Espaço e tempo 48

    X. Questão sexual 50

    XI. Hades 52

    XII. Lava 54

    XIII. Somnambula 56

    XIV. Paciência vermelha 58

    XV. Par 60

    XVI. Catando piolho 62

    XVII. Muros 64

    XVIII. Ela 66

    XIX. Do arcaico ao eu veloz 70

XX. AA 74

XXI. Queimadura de memória 77

XXII. Fruteira.. 81

XXIII. Água... 83

XXIV. Liberdade.. 86

XXV. Túnel 92

XXVI. Avião... 93

XXVII. Mitwelt 98

XXVIII. Ceticismo 102

XXIX. Encostas.. 105

XXX. Distâncias.. 112

XXXI. Tango... 119

XXXII. Beijo.. 128

XXXIII. "Fast-Forward" 132

XXXIV. Harrods 136

XXXV. Gladys.. 144

XXXVI. Laje 146

XXXVII. Testemunhas oculares......................... 152

XXXVIII. Carro 159

XXXIX. Huaraz.. 163

XL. Fotografias: Origem do tempo 166

XLI. Fotografias: Jeats 167

XLII. Fotografias: Os mansos 169

XLIII. Fotografias: Eu sou um bicho................... 170

XLIV. Fotografias: Os velhos tempos 172

XLV. Fotografias: Bem como, não como 174

XLVI. Fotografias: # 1748 178

XLVII. Os lampejos em que um homem
se assenhora de si 180

Entrevista... 183

para Will

CARNE VERMELHA:
QUE DIFERENÇA FEZ ESTESÍCORO?

> *Gosto da sensação das palavras fazendo*
> *o que elas querem e o que elas têm de fazer*
>
> Gertrude Stein

Ele veio depois de Homero e antes de Gertrude Stein, intervalo difícil para um poeta. Nascido por volta de 650 a.C. na costa norte da Sicília numa cidade chamada Hímera, viveu entre refugiados que falavam um dialeto misto de calcídio e dórico. Uma população refugiada tem fome de linguagem e a consciência de que tudo pode acontecer. As palavras quicam. As palavras, se permitirmos, vão fazer o que querem e o que têm de fazer. As palavras de Estesícoro foram coligidas em vinte e seis livros dos quais nos restaram em torno de uma dúzia de títulos e diversas coleções de fragmentos. Pouco se sabe acerca de sua vida laboral (salvo a famosa história de que foi cegado por Helena; ver apêndices A, B e C). Ele parece ter tido grande êxito popular. Como o encaravam os críticos? Muitos louvores antigos anexam-se a seu nome. "O mais homérico dos poetas líricos", diz Longino. "Torna aquelas velhas histórias novas", diz Suidas. "Guiado por um desejo de mudança", diz Dioniso de Halicarnasso. "Que doce gênio no uso de adjetivos!", aduz Hermógenes. Aqui tocamos o núcleo da questão "Que diferença fez Estesícoro?". Uma comparação pode ser útil. Quando Gertrude Stein teve de resumir Picasso ela disse, "Este estava trabalhando". Diga-se também de Estesícoro, "Este estava fazendo adjetivos".

O que é um adjetivo? Substantivos nomeiam o mundo. Verbos ativam os nomes. Adjetivos vêm de outro lugar. A palavra *adjetivo* (*epitheton* em grego) é ela própria um adjetivo que significa "colocado sobre", "acrescentado", "anexado", "importado", "estrangeiro". Adjetivos parecem acréscimos bastante inocentes, mas vejamos. Esses pequenos mecanismos importados estão encarregados de vincular todas as coisas do mundo ao seu lugar no particular. São os trincos do ser.

É claro que há muitas maneiras diferentes de ser. No mundo da épica homérica, por exemplo, ser é estável, e o particular, bem engastado na tradição. Quando Homero diz sangue, o sangue é *negro*. Quando surgem mulheres, as mulheres são *de olhar refulgente* e *de belos tornozelos*. Poseidon ostenta sempre as *sobrancelhas azuis de Poseidon*. O riso de Deus é *inexaurível*. Os joelhos humanos, *velozes*. O mar é *infatigável*. A morte é *ruim*. Os covardes têm o fígado *branco*. Os epítetos de Homero são um tipo fixo de dicção com que Homero engata cada substância do mundo ao seu atributo mais adequado, fixando-a em seu lugar para consumo épico. Há uma espécie de paixão nisto, mas que tipo de paixão? "O consumo não é uma paixão por substâncias, mas uma paixão pelo código", diz Baudrillard.

Portanto nasceu Estesícoro na superfície imóvel desse código. E Estesícoro estava estudando essa superfície incansavelmente. Ela se reclinava, afastando-se. Ele se aproxima. Ela se detém. "Paixão por substâncias" parece uma boa descrição daquele momento. Por nenhuma razão que se possa nomear, Estesícoro começou a abrir os trincos.

Estesícoro libertou o ser. Todas as substâncias do mundo saíram flutuando. De repente, já não havia nada que se intrometesse no fato de o cavalo ter os *cascos côncavos*. Ou de um rio ser *raiz de prata*. Ou uma criança, *incólume*. Ou o inferno, *tão fundo quanto o sol é alto*. Ou Héracles, *forte de suplícios.* Ou um planeta, *empacado a meio da noite.* Ou um insone, *excluso da alegria.* Ou matanças, *de negrume denso.* Certas substâncias mostraram-se mais complexas. A Helena de Troia, por exemplo, vinculara-se uma tradição adjetival de devassidão que já era antiga à época em que a usou Homero. Quando Estesícoro desatou o epíteto de Helena, emanou uma luz tal que poderia mesmo tê-lo cegado por um instante. Essa é uma questão importante, a questão do cegamento de Estesícoro por Helena (ver apêndices A e B), muito embora comumente tida como irrespondível (mas ver Apêndice C).

Exemplo mais tratável é Gerião. Gerião é o nome de um personagem da mitologia grega antiga sobre o qual Estesícoro escreveu um poema lírico bastante longo em metro dátilo-epitrito e estrutura triádica. Sobrevivem por volta de oitenta e quatro fragmentos em papiro e meia dúzia de citações, os quais são chamados *Gerioneida* ("A Questão de Gerião") nas edições *standard.* Dão conta de um estranho monstro alado vermelho que vivia numa ilha de nome Eriteia (um adjetivo que quer dizer simplesmente "O Lugar Vermelho") a cuidar sossegadamente de um rebanho de gado vermelho, até que um dia o herói Héracles chegou por mar e o matou para obter o gado. Havia muitas maneiras diferentes de contar uma história como essa. Héracles era um importante herói grego e o extermínio de Gerião constava entre os seus celebrados Trabalhos. Se Estesícoro tivesse sido poeta mais convencional, teria assumido o ponto de vista de Héracles e formulado um empolgante relato da vitória da cultura sobre a monstruosidade. Mas em vez disso os fragmentos restantes do poema de Estesícoro oferecem uma irresistível secção transversal de cenas, tanto honrosas quanto lamentáveis, a partir da experiência do próprio Gerião. Vemos seu cãozinho e sua vida de pequeno garoto vermelho. Uma cena em que sua mãe faz um apelo selvagem, que se interrompe. Tomadas intercaladas de Héracles aproximando-se pelo mar. Um vislumbre dos deuses no céu prefigurando o fado de Gerião. A batalha ela própria. O momento em que tudo ralenta de repente e a flecha de Héracles parte o crânio de Gerião. Vemos Héracles matar o cãozinho com Seu célebre porrete.

Mas basta de proêmios. Você pode responder por si próprio à pergunta "Que diferença fez Estesícoro?" examinando a sua obra-prima. Alguns de seus principais fragmentos encontram-se abaixo. Se achar o texto difícil, não estará sozinho. O tempo tratou Estesícoro com rudeza. Dele não é citada nenhuma passagem maior que trinta linhas, e restos de papiro (que ainda estão sendo descobertos: os mais recentes fragmentos foram recuperados de cartonagens no Egito em 1977) ocultam tanto quanto revelam. A íntegra do *corpus* de fragmentos de Estesícoro no original grego foi publicada treze vezes até o presente momento por diferentes editores, a começar por Bergk em 1882. Nenhuma edição é idêntica a outra em relação ao conteúdo ou à ordenação dos conteúdos. Bergk diz que a história de um texto é como uma longa carícia. Seja como for, os fragmentos da *Gerioneida* se desenrolam como se Estesícoro tivesse composto um substancioso poema narrativo, e depois o rasgado em pedaços e enterrado os pedaços numa caixa com algumas letras de música e anotações de aula e restos de carne. Os números dos fragmentos informam de maneira aproximada como os pedaços caíram da caixa. Você pode, é claro, continuar chacoalhando a caixa. "Creia-me pela carne e por mim mesma", como diz Gertrude Stein. Aqui está. Chacoalhe.

CARNE VERMELHA:
FRAGMENTOS DE ESTESÍCORO

I. GERIÃO

Gerião era um monstro tudo nele era vermelho
Colocava para fora das cobertas o focinho de manhã era
      vermelho
Como era dura a vermelha paisagem onde seu gado roçava
Os grilhões ao vento vermelho
Entocou-se na gelatina vermelha da aurora do sonho
De Gerião

O sonho de Gerião começou vermelho depois escorreu do
      tonel e correu
Rio acima rompeu pratas arremeteu subindo pelas raízes
      como um filhote

Secreto filhote No frontão de mais um dia vermelho

II. ENTREMENTES VEIO ELE

Pelas bossas de sal era Ele
Sabia do ouro-da-casa
Tinha divisado fumaça vermelha sobre os pináculos
      vermelhos

III. Os pais de Gerião

Se você persiste em usar sua máscara à mesa do jantar
Bom Então Boa Noite disseram eles e o conduziram
Por aquelas escadas hemorrágicas até os quentes secos
        Braços
Até o tique do táxi vermelho do íncubo
Não quero ir quero ficar Aqui embaixo e ler

IV. Começa a morte de Gerião

Gerião caminhou toda a vermelha extensão de sua mente e
        respondeu Não
Era assassinato E dilacerado de ver as vacas abatidas
Todas estas queridas disse Gerião E agora eu

V. O destino reversível de Gerião

A mãe dele viu são assim as mães
Confie em mim disse ela Engenheira da suavidade dele
Você não precisa tomar uma decisão de imediato
Detrás de sua vermelha bochecha direita Gerião já via
A espiral do fogareiro começando a luzir

VI. Entrementes no céu

Atena olhava para baixo através do piso
Do barco de fundo de vidro Atena apontou
Zeus olhou *Ele*

VII. O fim de semana de Gerião

Mais tarde ora mais tarde eles saíram do bar e voltaram
          para a casa
Do centauro o centauro tinha um copo feito de crânio Com
          três
Medidas de vinho Com isto às mãos ele bebeu Venha cá
          pode trazer
Seu drinque se estiver com medo de vir sozinho O centauro
Deu tapinhas no sofá a seu lado Pequeno animal vivo
          amarelo avermelhado
Nenhuma abelha subiu pela espinha de Gerião por dentro

VIII. O pai de Gerião

Uma raiz quieta pode saber gritar Ele gostava de
Chupar palavras Eis aqui uma toda-poderosa dizia ele
Depois de dias de pé no umbral
NOITECASULOASPIRADO

IX. Histórico de guerra de Gerião

Gerião deitou-se no chão cobrindo as orelhas O som
Dos cavalos como rosas sendo queimadas vivas

X. Na escola

Naquele tempo a polícia era fraca A família era forte
De mãos dadas no primeiro dia a mãe de Gerião o levou à
Escola Ela endireitou suas pequenas asas vermelhas e o
          empurrou
Porta adentro

XI. Certo

Há muitos meninos que pensam que são
Monstros? Mas no meu caso estou certo disse Gerião ao
Cão eles estavam sentados nas falésias O cão o observava
Com alegria

XII. Asas

Pisa fora do raspado céu de março e afunda
Para cima na cega manhã atlântica Um pequeno
Cão vermelho pulando pela praia milhas abaixo
Como sombra libertada

XIII. O porrete matador de Héracles

Pequeno cão vermelho não viu ele sentiu Todo
Evento persiste menos um

XIV. A flecha de Héracles

Flecha quer dizer matar Ela partiu o crânio de Gerião como
        um pente Fez
O pescoço do rapaz vergar A um ângulo lento e estranho
        de lado como quando
Uma papoula se despetala num açoite da Brisa nua

XV. Totalidade de coisas sabidas sobre Gerião

Ele amava relâmpagos Ele vivia numa ilha Sua mãe era
Ninfa de um rio que desaguava no mar O pai era um
       utensílio
De cortar ouro Antigos escólios dizem que Estesícoro diz
       que
Gerião tinha seis mãos e seis pés e asas Ele era vermelho e
Seu estranho gado vermelho despertava inveja Veio
       Héracles e
O matou por seu gado

Também ao cão

XVI. O fim de Gerião

O mundo vermelho E as correspondentes brisas vermelhas
Perduraram Gerião não

Apêndice A
TESTEMUNHOS ACERCA DA QUESTÃO
DO CEGAMENTO DE ESTESÍCORO POR HELENA

Suidas s.v. *palinódia*: "Contra-canção" ou "dizer o oposto do que se disse antes". E.g., por escrever desaforos sobre Helena, Estesícoro foi cegado, mas depois escreveu-lhe um encômio e recebeu de volta a visão. O encômio veio-lhe em sonho e é chamado "A Palinódia".

Isócrates *Helena* 64: Com vistas a demonstrar seu próprio poder Helena fez do poeta Estesícoro um estudo de caso. Pois o fato é que ele começou seu poema "Helena" com algumas blasfêmias. Em seguida ao erguer-se descobriu que os olhos tinham-lhe sido roubados. Percebendo de imediato o porquê, ele compôs a assim chamada "Palinódia" e Helena o restituiu ao seu estado natural.

Platão *Fedro* 243a: Existe na mitologia uma antiga tática de purgação para criminosos, a qual Homero não compreendeu mas Estesícoro sim. Quando Estesícoro se viu cego por difamar Helena ele não se limitou (como Homero) a ficar perplexo — não! pelo contrário. Estesícoro era um intelectual. Ele reconheceu a causa e de imediato sentou-se para compor [sua "Palinódia"]...

Apêndice B
A PALINÓDIA DE ESTESÍCORO POR ESTESÍCORO
(FRAGMENTO 192 *POETAE MELICI GRAECI*)

Não essa não é a verdadeira história.
Não você nunca partiu nas naus petrechadas.
Não você nunca alcançou as torres de Troia.

Apêndice C
ESCLARECENDO A QUESTÃO DO CEGAMENTO DE ESTESÍCORO POR HELENA

1. Ou Estesícoro era cego ou não era.

2. Se Estesícoro era cego ou sua cegueira foi ou um problema temporário ou permanente.

3. Se a cegueira de Estesícoro foi um problema temporário ou esse problema teve causa contingente ou não teve causa alguma.

4. Se tal problema teve causa contingente ou essa causa foi Helena ou a causa não foi Helena.

5. Se a causa foi Helena ou Helena teve seus motivos ou não teve motivo algum.

6. Se Helena teve seus motivos tais motivos ou tiveram origem em alguma observação que Estesícoro fez ou não tiveram.

7. Se os motivos de Helena tiveram origem em alguma observação feita por Estesícoro ou foi uma observação indevida relacionada à má-conduta sexual de Helena (sem mencionar sua desagradável consequência a Queda de Troia) ou não foi.

8. Se foi uma observação indevida tendo a ver com a má-conduta sexual de Helena (sem mencionar sua desagradável consequência a Queda de Troia) ou essa observação era mentira ou não era.

9. Se não foi uma mentira ou estamos agora fazendo o caminho contrário e continuando a razoar dessa maneira provavelmente chegaremos de volta ao princípio da questão do cegamento de Estesícoro ou não estamos.

10. Se estamos agora fazendo o caminho contrário e continuando a razoar dessa maneira provavelmente chegaremos de volta ao princípio da questão do cegamento de Estesícoro ou continuaremos sem percalços ou encontraremos Estesícoro em nosso trajeto de volta.

11. Se encontrarmos Estesícoro em nosso trajeto de volta ou faremos silêncio ou o olharemos nos olhos e perguntaremos o que pensa de Helena.

12. Se olharmos Estesícoro nos olhos e perguntarmos o que ele pensa de Helena ou ele dirá a verdade ou mentirá.

13. Se Estesícoro mentir ou saberemos de imediato que está mentindo ou seremos enganados porque agora que estamos fazendo o caminho contrário a paisagem inteira parece estar do avesso.

14. Se formos enganados porque agora que estamos fazendo o caminho contrário a paisagem inteira parece estar do avesso ou constataremos que não temos um tostão furado ou telefonaremos para Helena e diremos a boa nova.

15. Se telefonarmos para Helena ou ela ficará sentada com sua taça de vermute e deixará o aparelho tocar ou irá atender.

16. Se ela atender ou (como se diz) deixaremos a coisa como está ou colocaremos Estesícoro na linha.

17. Se colocarmos Estesícoro na linha ou ele argumentará que agora vê mais claro do que nunca a verdade sobre a libidinagem de Helena ou admitirá que é um mentiroso.

18. Se Estesícoro admitir que é um mentiroso ou viraremos paisagem ou ficaremos para ver como Helena reage.

19. Se ficarmos para ver como Helena reage ou ficaremos agradavelmente surpresos com suas habilidades dialéticas ou seremos levados até o centro da cidade pela polícia para interrogatório.

20. Se formos levados ao centro da cidade pela polícia para interrogatório ou esperarão que nós (enquanto testemunhas oculares) esclareçamos de uma vez por todas se Estesícoro era cego ou não.

21. Se Estesícoro era cego ou mentiremos ou senão não.

AUTOBIOGRAFIA DO VERMELHO
Um romance

The reticent volcano keeps
His never slumbering plan —
Confided are his projects pink
To no precarious man.

If nature will not tell the tale
Jehovah told to her
Can human nature not survive
Without a listener?

Admonished by her buckled lips
Let every babbler be
The only secret people keep
Is Immortality.

Emily Dickinson, nº 1748[1]

---

[1] Em tradução de Helena Franco Martins: "Guarda o vulcão reticente/ Seu plano sempre desperto;/ Jamais seus róseos intentos/ Confia ao homem incerto.// Se a natureza não espalha/ O que lhe contou Jeová,/ Vive a natureza humana/ Sem quem a venha escutar?// Sua boca muda interpele/ Quem tagarela à vontade./ Guardamos um só segredo:/ A imortalidade". (N. do T.)

I. JUSTIÇA

Gerião aprendeu com seu irmão sobre a justiça bem cedo.

—

Costumavam ir à escola juntos. O irmão de Gerião era
        maior e mais velho,
ele caminhava na frente
por vezes irrompia numa corrida e caía sobre um joelho
        para apanhar uma pedra.
As pedras alegram meu irmão,
pensou Gerião e examinava pedras enquanto ia trotando
        em seu encalço.
Tantos tipos diferentes de pedra,
as sóbrias e as insólitas, lado a lado na terra vermelha.
Deter-se a imaginar a vida de cada uma!
Agora velejavam pelo ar partindo de um feliz braço
        humano,
que destino. Gerião apressou-se.
Chegaram ao pátio. Ele fixava toda a sua atenção em seus
        pés e passadas.
Crianças rodeavam-no aos borbotões
e o intolerável assalto vermelho da relva e o cheiro de relva
        por toda parte
atraíam-no para o prédio
como um mar bravo. Ele sentia os olhos dobrando-se para
        fora do crânio

presos por seus pequenos conectores.

Ele tinha de alcançar a porta. Tinha de não perder o irmão
de vista.

Estas duas coisas.

A escola era um longo prédio de tijolos num eixo norte-sul.
Sul: Portão Principal

pela qual devem entrar todos os meninos e meninas.

Norte: Jardim de Infância, suas janelas grandes e redondas
dando para um bosque

e cercado por uma cerca-viva de bagas vermelhas.

Entre o Portão Principal e o Jardim de Infância havia um
corredor. Para Gerião

ele tinha uma centena de quilômetros

de túneis de trovão e céu interno de neon aberto a golpes
por gigantes.

De mãos dadas no primeiro dia de escola

Gerião atravessou esse território estrangeiro com sua mãe.
Depois seu irmão

cumpriu a tarefa dia após dia.

Mas à medida que setembro mudava-se em outubro uma
inquietação crescia no irmão de Gerião.

Gerião sempre fora um tonto

mas agora o olhar que ostentava fazia as pessoas se
sentirem estranhas.

Me leve só mais uma vez agora eu acerto,

dizia Gerião. Os olhos terríveis buracos. *Tonto*, disse o
irmão de Gerião

e o deixou para trás.

Gerião não tinha dúvidas de que *tonto* estava correto. Mas
quando a justiça se cumpre

o mundo resvala para longe.

Ficou ali na sua pequena sombra vermelha e pensou no que
fazer em seguida.

O Portão Principal ergueu-se diante dele. Talvez —

olhando com força Gerião atravessou os incêndios em sua
        mente até o lugar
onde o mapa deveria estar.
No lugar de um mapa do corredor escolar havia um
        profundo e brilhante espaço em branco.
A fúria de Gerião foi total.
O espaço em branco pegou fogo e ardeu até as bordas.
        Gerião correu.
Depois disso Gerião passou a ir à escola sozinho.
Não se aproximava do Portão Principal de forma alguma.
        A justiça é pura. Ele caminhava
contornando a longa parede lateral de tijolos,
passando pelas janelas da Sétima Série, da Quarta, da
        Segunda e do banheiro dos meninos
até o extremo norte da escola
e se posicionava nos arbustos do lado de fora do Jardim de
        Infância. Ficava ali
imóvel
até que alguém lá dentro o notasse e viesse lhe mostrar o
        caminho.
Ele não gesticulava.
Ele não batia no vidro. Ele esperava. Pequeno, vermelho e
        ereto ele esperava,
agarrando com força a sua nova mochila
com uma mão e tocando com a outra uma moeda da sorte
        dentro do bolso do casaco,
enquanto as primeiras neves do inverno
desciam flutuando até os seus cílios e cobriam os galhos à
        sua volta e silenciavam
todo vestígio do mundo.

II. CADA

Como mel é o sono dos justos.

———

Quando Gerião era pequeno ele adorava dormir mas
        adorava ainda mais acordar.
Ele corria lá para fora de pijama.
Duros ventos matinais sopravam raios de vida contra o céu
        cada um azul o bastante
para dar início a um mundo inteiro.
A palavra *cada* soprou em sua direção e desfez-se no vento.
        Gerião sempre tivera
este problema: uma palavra como *cada*,
quando ele a fitava, desagregava-se em letras separadas e ia
        embora.
Um espaço para o seu significado permanecia lá mas em
        branco.
Já as letras podiam ser encontradas pendendo de galhos ou
        de móveis dos arredores.
O que cada *significa?*
Gerião perguntara à mãe. Ela nunca mentia para ele.
        Quando ela dizia o significado
ele ficava.
Ela respondeu, Cada *significa tipo você e o seu irmão*
        têm cada *um seu próprio quarto.*
Ele se agasalhou nesta forte palavra *cada*.

Na escola ele a escreveu na lousa (perfeitamente) com um
toco de giz sedoso vermelho.
Ele pensou suavemente
em outras palavras que poderia guardar consigo como
praia e *graia*. Então mudaram
Gerião para o quarto do irmão.
Aconteceu por acidente. A avó de Gerião veio visitar e caiu
do ônibus.
Os médicos a remontaram
com um grande pino prateado. Depois ela e o pino tiveram
de ficar quietinhos no quarto de Gerião
por muitos meses. Assim começou a vida noturna de
Gerião.
Antes disso Gerião nunca vivera noites apenas dias e seus
intervalos vermelhos.
Que cheiro é esse no seu quarto? perguntou Gerião.
Gerião e seu irmão estavam deitados no escuro no beliche
Gerião em cima.
Quando Gerião mexia seus braços ou pernas
as molas da cama faziam um agradável PING CHUNC CHUNC
PING que o envolvia por baixo
como uma atadura limpa e grossa.
Não tem cheiro nenhum no meu quarto, disse o irmão de
Gerião. *Talvez sejam suas meias*
ou o sapo você
por acaso trouxe o sapo pra dentro? disse Gerião. *A única*
coisa que cheira mal aqui é você Gerião.
Gerião deteve-se.
Tinha respeito pelos fatos talvez estivesse diante de um. Em
seguida ouviu
um som diferente vindo de baixo.
CHUNC CHUNC PING PING PING PING PING PING PING PING
PING PING PING PING
PING PING PING PING PING PING PING PING PING.

Seu irmão estava esfregando o pauzinho como fazia quase
        toda noite antes de dormir.
Por que você fica esfregando o pauzinho?
Gerião perguntou. *Não é da sua conta agora deixa eu ver o
        seu*, disse o irmão.
Não.
Aposto que você nem tem um. Gerião verificou. *Tenho sim.*
Você é tão feio que aposto que ele caiu.
Gerião continuou calado. Ele entendia a diferença entre
        fatos e ódio fraterno.
Me mostra o seu
que eu te dou uma coisa legal, disse o irmão de Gerião.
Não.
Te dou uma das minhas bolas olho-de-gato.
Não dá não.
Eu dou.
Não acredito em você.
Prometo.
Agora Gerião queria muito uma olho-de-gato. Jamais
        conseguira ganhar uma olho-de-gato quando
se ajoelhava sobre os joelhos frios
no chão do porão para brincar de bola de gude com o
        irmão e os amigos do irmão.
A olho-de-gato
é superada apenas pela de aço. E assim eles elaboraram um
        comércio de sexo
por olhos-de-gato.
Esfregar o pauzinho faz o meu irmão feliz, pensou Gerião.
        Não conte pra Mãe,
disse seu irmão.
Partir para dentro do rubi podre da noite tornou-se um
        torneio de liberdade
e má lógica.
Anda logo Gerião.

Não.

Você me deve.

Não.

Eu te odeio. Não dou a mínima. Vou contar pra Mãe.
        Contar o que pra Mãe?
Que ninguém gosta de você na escola.

Gerião se deteve. Os fatos ficam maiores no escuro. Então
        às vezes ele descia
até a cama de baixo
e deixava o irmão fazer o que quisesse ou então se
        pendurava ali no meio com o rosto premido
contra a borda do seu colchão,
os frios dedos dos pés equilibrando-se na cama de baixo.
        Finda a coisa a voz de seu irmão
ficava muito gentil.

Você é bacana Gerião amanhã te levo pra nadar certo?

Gerião escalava de volta até sua cama,
resgatava a parte de baixo do pijama e deitava de costas.
        Ele deitava muito reto
nas fantásticas temperaturas
do pulso vermelho à medida que este afundava para longe
        e ele pensava sobre a diferença
entre dentro e fora.

O dentro é meu, ele pensou. No dia seguinte Gerião e seu
        irmão
foram à praia.

Nadaram e treinaram arrotos e comeram sanduíches de
        geleia com areia sobre uma toalha.

O irmão de Gerião achou uma cédula de dólar americano
e deu-a para Gerião. Gerião encontrou um pedaço de um
        velho capacete de guerra e o escondeu.

Foi também esse o dia
em que ele começou sua autobiografia. Nessa obra Gerião
        anotava todas as coisas de dentro

particularmente seu próprio heroísmo
e morte prematura para grande desespero da comunidade.
         Com frieza ele omitiu
todas as coisas de fora.

III. BRILHANTES

Gerião endireitou-se e pôs as mãos depressa sob a mesa,
    não depressa o suficiente.

—

Não fique cutucando isso Gerião vai infeccionar. Deixe
    quieto e deixe sarar,
disse sua mãe
cintilando ao passar por ele a caminho da porta. Tinha
    posto os seios todos naquela noite.
Gerião fitava maravilhado.
Ela parecia tão corajosa. Ele poderia olhá-la para sempre.
    Mas agora ela estava à porta
e depois sumiu.
Gerião sentiu as paredes da cozinha se contraírem
    enquanto grande parte do ar no cômodo
saiu girando atrás dela.
Ele não conseguia respirar. Ele sabia que não devia chorar.
    E ele sabia que o som
da porta se fechando
tinha de ser conservado fora dele. Gerião voltou toda sua
    atenção a seu mundo interior.
Bem naquela altura seu irmão entrou na cozinha.
Quer lutar? disse o irmão de Gerião.
Não, disse Gerião.
Por quê? Só não quero. Ah vamos logo. O irmão de Gerião
    pegou

a fruteira de latão vazia
da mesa da cozinha e a pôs invertida sobre a cabeça de
        Gerião.
Que horas são?
A voz de Gerião saiu abafada de dentro da fruteira. *Não*
        posso te dizer, disse seu irmão.
Por favor.
Olhe você. Não quero. Você quer dizer que não consegue.
A fruteira ficou muito quieta.
Você é tão tonto que não sabe nem ver as horas né?
        Quantos anos você tem mesmo? Que babaca.
Já sabe amarrar os sapatos?
A fruteira se deteve. Gerião na verdade sabia fazer nós mas
        não laços.
Escolheu passar por cima dessa distinção.
Sim.
De repente o irmão de Gerião veio por trás de Gerião e o
        agarrou pelo pescoço.
Esta é a gravata da morte silenciosa,
Gerião, na guerra eles usam isso pra apagar todas as
        sentinelas. Com uma torção surpresa
posso quebrar o seu pescoço.
Eles ouviram a babá se aproximando e o irmão de Gerião
        afastou-se rapidamente.
Gerião está emburrado de novo?
disse a babá entrando na cozinha. *Não*, disse a fruteira.
Gerião queria muito
manter fora de si a voz da babá. Com efeito, teria
        preferido
simplesmente nunca tê-la conhecido
mas havia uma informação que ele precisava obter.
Que horas são?
ele se ouviu perguntar. *Quinze pras oito*, ela respondeu.
        Que horas a Mãe vai voltar?

Ah isso ainda vai demorar,
lá pelas onze talvez. Ao receber essa notícia Gerião sentiu
       que tudo no recinto arremetia
para longe dele
rumo às bordas do mundo. Enquanto isso a babá
       prosseguia,
Melhor já ir se aprontando pra dormir, Gerião.
Ela estava retirando a fruteira da cabeça de Gerião e
       encaminhando-se até a pia.
Quer que eu leia pra você?
Sua mãe diz que você tem dificuldades de pegar no sono.
       O que gosta de ler?
Pedaços de palavras vagavam pelo cérebro de Gerião feito
       cinzas.
Ele sabia que teria de deixar a babá fazer aquilo naquela
       voz errada.
Ela estava em pé diante dele agora
sorrindo forçado e vasculhando a cara dele com os olhos.
       Lê o livro do mergulhão, ele disse.
Aquilo era capcioso.
O livro do mergulhão era um manual de instruções para
       chamar mergulhões. Pelo menos
manteria aquela voz errada longe
de palavras que pertenciam à sua mãe. Alegremente a babá
foi procurar o livro do mergulhão.
Pouco depois a babá e Gerião estavam na cama de cima do
       beliche chamando mergulhões
quando o irmão de Gerião chegou como uma onda
e aterrissou na cama de baixo, fazendo todos quicarem até
       o teto.
Gerião recuou
até a parede com os joelhos erguidos enquanto surgiu
       primeiro a cabeça,
depois o resto do irmão.

Escalou até instalar-se ao lado de Gerião. Ele trazia um
      grosso elástico
esticado entre o dedão
e o indicador, o qual estalou contra a perna de Gerião.
      Qual é a sua arma favorita?
A minha é a catapulta BLAM —
atingiu novamente a perna de Gerião — *você pode acabar*
      com o centro da cidade inteiro
com um ataque surpresa da catapulta BLAM —
todo mundo morto ou então você pode encher de
      incendiários como Alexandre o Grande ele
inventou a catapulta
Alexandre o Grande pessoalmente BLAM — Pare com isso,
disse a babá
tentando apanhar o elástico. Não conseguiu. Endireitando
      novamente os óculos
sobre o nariz ela disse, O garrote.
A que eu mais gosto é o garrote. É limpo e asseado. Uma
      invenção italiana eu acho
embora a palavra seja francesa.
O *que é um garrote?* perguntou o irmão de Gerião.
      Tomando o elástico do polegar dele
ela o colocou no bolso de sua camisa e disse,
Um pequeno pedaço de corda quase sempre de seda com
      um nó corrediço na ponta. Você põe
em volta do pescoço de alguém
por trás e puxa com força. Corta a traqueia. Morte rápida
      mas dolorosa.
Nenhum barulho nada de sangue
nenhum volume no bolso. Os assassinos nos trens usam.
O irmão de Gerião a fitava com um olho fechado seu modo
      de atenção total.
E você Gerião

qual é a sua arma favorita? A jaula, disse Gerião por detrás
dos joelhos.
Jaula? disse seu irmão.
*Seu idiota jaula não é arma. Tem que fazer alguma coisa
pra ser arma.*
Tem que destruir o inimigo.
Bem naquela altura ouviu-se um barulho alto lá embaixo.
Dentro de Gerião qualquer coisa irrompeu em
chamas.
Saltou para o chão a todo vapor. *Mãe!*

IV. TERÇA-FEIRA

O melhor eram as terças-feiras.

——

No inverno terça sim terça não o pai e o irmão de Gerião
    iam para a aula de hóquei.
Gerião e sua mãe jantavam sós.
Sorriam um para o outro enquanto a noite vinha dar à
    costa. Ligavam todas as luzes
até em cômodos que não estavam usando.
A mãe de Gerião fazia o prato preferido deles, pêssegos em
    calda direto da lata e torrada
cortada em tirinhas para molhar.
Muita manteiga na torrada de modo que um pequeno fio
    de óleo ficava flutuando no suco do pêssego.
Eles levavam bandejas de jantar para a sala.
A mãe de Gerião sentava no tapete com revistas, cigarros e
    o telefone.
Gerião trabalhava ao lado dela sob o abajur.
Ele estava colando um cigarro a um tomate. *Pare de*
    cutucar o lábio Gerião deixe sarar.
Ela soltou a fumaça pelo nariz
enquanto discava. *Maria? Sou eu está podendo falar? O*
    que é que ele disse?
....

Assim?

....

Cretino

....

Isso não é liberdade é indiferença

....

Um belo de um viciado

....

Eu colocava esse vagabundo na rua

....

Isso aí é melodrama — ela apagou o cigarro com força
    — *que tal tomar um bom banho*

....

Sim querida eu sei agora não faz diferença

....

Gerião? está ótimo aqui comigo trabalhando em sua
    autobiografia

....

Não, é uma escultura ele ainda não sabe escrever

....

Ah uma coisa e outra que ele acha lá fora Gerião está
    sempre achando coisas
Não é Gerião?
Ela piscou para ele do telefone. Ele piscou de volta com os
    dois olhos
e voltou ao trabalho.
Ele tinha rasgado uns pedaços de papel crispado que
    encontrara na bolsa dela para usar como cabelo
e estava colando essas tiras no topo do tomate.
Do lado de fora da casa um vento negro de janeiro desceu
    acachapante do topo do céu
e golpeou com força as janelas.
A lamparina flamejou. *Está lindo Gerião*, ela disse
    desligando o telefone.

É uma escultura linda.
Ela pôs a mão no topo do seu pequeno crânio luminoso
       enquanto examinava o tomate.
E debruçando-se ela o beijou uma vez em cada olho
depois pegou sua tigela de pêssegos da bandeja e deu a de
       Gerião para ele.
Da próxima vez você poderia talvez
usar uma nota de um dólar em vez de uma de dez pro
       cabelo, disse ela enquanto começavam a comer.

V. PORTA DE TELA

Sua mãe estava junto da tábua de passar acendendo um
       cigarro e olhando para Gerião.

—

Lá fora o ar rosa escuro
estava já quente e cheio de ruídos. *Hora de ir pra escola*,
       ela disse pela terceira vez.
Sua voz calma flutuou
por sobre uma pilha de paninhos recém-lavados e através
       da penumbra da cozinha até o lugar onde Gerião
       estava
próximo à porta de tela.
Até depois dos quarenta ele haveria de lembrar do cheiro
       poeirento quase medieval
da própria tela ao
premer-se o reticulado contra seu rosto. Agora ela estava
       atrás dele. *Isto seria difícil*
pra você se você fosse fraco
mas você não é fraco, ela disse e endireitou suas pequenas
       asas vermelhas e o empurrou
porta afora.

VI. IDEIAS

Afinal Gerião aprendeu a escrever.

—

Maria uma amiga de sua mãe deu-lhe um belo caderno do
        Japão
com capa fluorescente.
Na capa Gerião escreveu *Autobiografia*. Dentro ele dispôs
        os fatos.

TOTALIDADE DE FATOS CONHECIDOS SOBRE GERIÃO
        Gerião era um monstro tudo nele era vermelho.
        Gerião vivia numa ilha no Atlântico chamada
        O Lugar Vermelho. A mãe de Gerião era um rio
        que deságua no mar o rio Alegria Vermelha
        o pai de Gerião era de ouro. Dizem alguns que
        Gerião tinha seis mãos seis pés alguns falam em
        asas. Gerião era vermelho bem como seu estranho
        gado vermelho. Héracles veio um dia matou
        Gerião pegou o gado.

Fez suceder aos Fatos Perguntas e Respostas.

PERGUNTAS *Por que Héracles matou Gerião?*
        1. Era violento apenas.
        2. Precisava era um de Seus Trabalhos (Décimo).

3. Teve a ideia de que Gerião era a Morte assim
poderia viver para sempre.

POR FIM
Gerião tinha um cãozinho vermelho Héracles matou isso
também.

De onde ele tira essas ideias, disse a professora. Era dia de
Reunião de Pais na escola.
Estavam sentadas lado a lado em minúsculas carteiras.
Gerião observou sua mãe tirar da língua um fragmento de
tabaco antes de dizer,
Ele escreve alguma coisa com final feliz?
Gerião se deteve.
Então ele ergueu a mão e cuidadosamente desvencilhou a
folha de redação
da mão da professora.
Indo até o fundo da sala ele sentou em sua carteira de
praxe e sacou um lápis.

NOVO FINAL
Pelo mundo inteiro as belas brisas vermelhas seguiram
soprando de mãos
dadas.

VII. MUDANÇA

De alguma forma Gerião chegou à adolescência.

—

Então ele conheceu Héracles e todos os seus reinos
       perderam um pouco de brilho.
Eram duas soberbas enguias
no fundo do tanque e reconheceram um ao outro como se
       estivessem em itálico.
Gerião estava entrando na Rodoviária
certa noite de sexta-feira por volta de três da manhã para
       trocar dinheiro e ligar para casa. Héracles desceu
do ônibus que vinha do Novo México e Gerião
dobrou rápido a esquina da plataforma e lá estava um
       daqueles momentos
que são o oposto da cegueira.
O mundo entornou dos olhos de um para os olhos do
       outro uma ou duas vezes. Outras pessoas
querendo desembarcar do ônibus do Novo México
se amontoavam atrás de Héracles que estava parado no
       último degrau
com sua valise numa mão
e tentando pôr a camisa para dentro da calça com a outra.
       Você pode trocar um dólar?
Gerião ouviu Gerião dizer.
Não. Héracles fitou Gerião diretamente. *Mas te dou vinte*
       centavos de graça.

Por que você faria isso?
Acredito na gentileza. Passadas algumas horas lá estavam
      eles
nos trilhos da ferrovia
muito próximos um do outro sob a luz dos faróis. A
      imensa noite movia-se no alto
espargindo gotas de si própria.
Você está com frio, disse Héracles de repente, *suas mãos*
      estão frias. Aqui.
Ele pôs as mãos de Gerião dentro de sua camisa.

VIII. CLIQUE

E quem é esse menino novo com quem você passa todo seu
       tempo agora?

—

A mãe de Gerião virou para bater a cinza do cigarro na pia
       depois tornou a encarar Gerião.
Ele estava sentado à mesa da cozinha
com a câmera diante do rosto ajustando o foco. Ele não
       respondeu.
Recentemente abdicara da fala.
Sua mãe prosseguiu. *Ouvi dizer que ele não vai à escola, ele*
       é mais velho?
Gerião estava focando a câmera na garganta dela.
Ninguém o vê por aí, é verdade que ele mora num trailer —
       é pra lá que você vai de noite?
Gerião ajustou o anel focal de 3 para 3,5 metros.
Talvez eu continue falando então
e se eu disser algo inteligente você pode tirar um retrato
       disso. Ela tragou.
Não confio em gente que
só sai de noite. Expirou. *Mas eu confio em você. Fico*
       deitada de noite pensando,
Por que eu não
ensinei ao menino algo de útil. *Bom* — deu uma última
       tragada no cigarro —

você provavelmente sabe
mais de sexo do que eu — e virou para esmagá-lo na pia
        enquanto ele clicava o disparador.
Ela deixou escapar um meio riso.
Gerião começou a focar novamente, na boca dela. Ela se
        apoiou na pia em silêncio
por alguns instantes
percorrendo com os olhos a linha de visão até sua lente.
        Engraçado quando você era bebê
você tinha insônia
você lembra disso? Eu entrava no seu quarto de noite e lá
        estava você
no berço deitado de costas
com os olhos arregalados. Olhando pro escuro. Você nunca
        chorava só ficava olhando.
Você ficava assim deitado por horas
mas se eu te levasse pra sala de tevê você dormia em cinco
        minutos — a câmera de Gerião girou para a
        esquerda
quando seu irmão entrou na cozinha. *Estou indo pro*
        centro quer vir? Traz
algum dinheiro —
As palavras caíram atrás dele quando saiu batendo a porta
        de tela.
Gerião levantou-se lentamente,
travando o disparador e enfiando a câmera no bolso da
        jaqueta.
Pegou a tampa da lente? ela disse enquanto ele passava.

IX. ESPAÇO E TEMPO

Comparados com outro ser humano os nossos próprios
    procedimentos ganham definição.

—

Gerião estava maravilhado consigo mesmo. Agora via
    Héracles praticamente todos os dias.
O instante da natureza
se formando entre eles sugava cada gota das paredes de sua
    vida
deixando para trás apenas fantasmas
farfalhando como mapas velhos. Ele já não tinha nada a
    dizer a ninguém. Sentia-se solto e reluzente.
Queimava na presença da mãe.
Já quase não te reconheço, disse ela escorando-se no
    batente do quarto do filho.
Chovera de repente na hora da janta,
agora o entardecer eram espantosas gotas à janela. Insossa
    paz de antigas horas de dormir
preenchia o quarto. O amor não
me torna doce ou gentil, pensou Gerião ao se encararem ele
    e sua mãe
de margens opostas da luz.
Ele estava enchendo os bolsos de dinheiro, chaves, filme
    fotográfico. Ela bateu um cigarro
nas costas da mão.

Coloquei umas camisetas limpas na sua gaveta de cima
       hoje à tarde, ela disse.
A voz dela desenhou um círculo
à volta de todos os anos que ele passara neste quarto.
       Gerião olhou para baixo.
Essa está limpa, disse ele,
ela só é assim mesmo. A camiseta tinha rasgos aqui e acolá.
GOD LOVES LOLA em letras vermelhas.
Que bom que não dá para ela ver as costas, pensou ele
       ajeitando a jaqueta com um dar de ombros e
       pondo
a câmera no bolso.
Que horas você volta? ela disse. *Não muito tarde*, ele
       respondeu.
Um puro e ousado desejo de sumir o preencheu.
Então Gerião o que você gosta nesse sujeito nesse Héracles
       dá pra me dizer?
Se dá, pensou Gerião.
Mil coisas que ele não podia dizer fluíram por sua mente.
       Héracles entende muito
de arte. Temos boas discussões.
Ela estava olhando não para ele mas para um ponto além
       dele ao guardar o cigarro apagado
no bolso da frente da camisa.
"Que aspecto tem a distância?" é uma pergunta simples e
       direta. Irradia de um dentro
sem espaço até as bordas
do que se pode amar. Depende da luz. *Quer que eu acenda*
       isso? disse ele sacando
uma cartela de fósforos
da calça jeans e aproximando-se. *Não obrigada querido.*
       Ela estava dando as costas.
Eu devia mesmo parar.

X. QUESTÃO SEXUAL

É uma questão?

—

Melhor eu ir rumando pra casa.
Ok.
Continuaram sentados. Estavam estacionados bem longe
na rodovia.
Cheiro de noite fria
entrando pelas janelas. Lua nova flutuando branca como
uma costela na borda do céu.
Acho que sou alguém que nunca vai ficar satisfeito,
disse Héracles. Gerião sentiu todos os nervos se deslocando
para a superfície de seu corpo.
O que você quer dizer com satisfeito?
Satisfeito, só. Não sei. De um ponto distante da
autoestrada veio um som
de anzóis raspando o fundo do mundo.
Sabe. Satisfeito. Gerião pensava com força. Fogos
retorciam-se através dele.
Encaminhou-se com cuidado
para a questão sexual. Por que isso é uma questão? Ele
compreendia
que as pessoas precisam
de gestos de afeto umas das outras, importa mesmo que
gestos sejam?
Ele tinha quatorze anos.

O sexo é uma maneira de conhecer alguém,
Héracles dissera. Ele tinha dezesseis. Partes quentes
    desordenadas da questão
ascendiam às lambidas de cada fenda em Gerião,
ele as golpeava e deixava escapar um riso nervoso. Héracles
    olhava.
De repente, quietos.
Está tudo bem, disse Héracles. A voz dele inundou
Gerião, abrindo-o.
Me diga, disse Gerião e tencionava perguntar-lhe, As
    pessoas que gostam de sexo
também têm uma questão com isso?
mas as palavras saíram erradas — *É verdade que você*
    pensa em sexo todo dia?
O corpo de Héracles enrijeceu.
Isso não é uma pergunta é uma acusação. Algo negro e
    pesado caiu
entre eles como um cheiro de veludo.
Héracles girou a chave na ignição e eles arrancaram para o
    dorso da noite.
Sem se tocar
mas unidos em assombro como dois cortes paralelos na
    mesma carne.

XI. HADES

Por vezes uma jornada se faz necessária.

———

O ESPÍRITO GOVERNA EM SEGREDO SOZINHO O CORPO
        NADA CUMPRE
é coisa que você compreende
instintivamente aos quatorze anos e de que ainda se lembra
        mesmo com o inferno na cabeça
aos dezesseis. Pintaram essa verdade
na longa parede do ginásio às vésperas de partirem para o
        Hades.
Hades a cidade natal de Héracles
ficava no extremo oposto da ilha a umas quatro horas de
        carro, uma cidade
de tamanho médio e pouca importância
salvo por uma coisa. *Você já viu um vulcão?* disse Héracles.
Ao fitá-lo Gerião sentiu a alma
mexer-se a um lado do corpo. Em seguida Gerião escreveu
        um bilhete cheio de mentiras para a mãe
e grudou-o na geladeira.
Subiram no carro de Héracles e rumaram para o oeste.
        Verde e fria noite de verão.
Ativo?
O vulcão? Sim a última vez que explodiu foi em 1923.
        Jogou 180 quilômetros cúbicos
de rocha pelos ares

cobriu o campo de fogo emborcou dezesseis navios na baía.
Minha avó diz
que a temperatura do ar foi a setecentos graus centígrados
no centro da cidade.
Barris
de uísque e rum pegaram fogo na rua principal.
Ela viu a erupção?
Observou do telhado. Tirou um retrato, três da tarde
parece meia-noite.
O que aconteceu com a cidade?
Cozinhou. Houve um sobrevivente — prisioneiro na cadeia
local.
Imagino o que terá acontecido com ele.
Vai ter que perguntar pra minha avó. É a história favorita
dela —
O *Homem de Lava.*
O *Homem de Lava?* Héracles sorriu para Gerião enquanto
disparavam rumo à autoestrada.
Você vai amar a minha família.

XII. LAVA

Ele não sabia por quanto tempo estivera dormindo.

———

Noite negra estagnada ao centro. Jazia ele quente e imóvel,
        quer dizer, o movimento
era uma memória que não conseguia resgatar
(entre outras) do fundo da vasta cozinha cega onde ele
        estava enterrado.
Podia sentir a casa de adormecidos
à volta dele como pães em prateleiras. Havia um som
        corrente contínuo
talvez um ventilador elétrico no fundo do corredor
e um fragmento de voz humana desgarrou-se de si e
        passou, já parecia
há muito tempo, deixando o rastro
de uma poeira ruim de seu sonho que tocou a pele dele. Ele
        pensou nas mulheres.
Como é ser uma mulher
de ouvidos atentos no escuro? Negra mortalha de silêncio
        estende-se entre eles
como pressão geotérmica.
A ascenção do estuprador pelas escadas parece lenta como
        lava. Ela ouve
o espaço em branco onde
está a consciência dele, que se acerca dela. A lava pode se
        mover a uma velocidade tão lenta quanto

nove horas por polegada.
Cor e fluidez variam conforme a temperatura vai de um
vermelho escuro e duro
(abaixo de 1.800 graus centígrados)
a um amarelo brilhante inteiramente fluido (acima de 1.950
graus centígrados).
Ela se pergunta se
ele estará ouvindo também. O mais cruel é que ela pega no
sono enquanto ouve.

XIII. SOMNAMBULA

Gerião acordou rápido demais e sentiu sua caixa contrair.

—

Manhã de pressão quente. Casa cheia de humanos
       tropeçantes e suas linguagens.
Onde estou?
Vozes de alguma outra parte. Espesso ele desceu as escadas
e atravessou a casa
até o alpendre dos fundos, imenso e sombreado como um
       palco ante um dia brilhante.
Gerião apertou os olhos.
Grama nadava até ele e para longe. Pequenas e alegres
       companhias de insetos
com asas de dois andares
como caças mergulhavam por toda parte no vento quente
       branco. A luz
tirava-lhe o equilíbrio,
ele rapidamente se sentou no degrau superior. Viu Héracles
       estirado sobre a grama
numa conversa sonolenta.
Meu mundo está muito lento agora, Héracles estava
       dizendo. Sua avó
estava sentada a uma mesa de piquenique
comendo torrada e discutindo a morte. Contou de seu
       irmão que permaneceu consciente
até o fim mas não conseguia falar.

Seus olhos observavam os tubos que botavam e tiravam
dele e por isso
lhe explicaram cada um.
*Estamos agora injetando seiva de dama-da-noite você vai
sentir uma picada*
e depois um fluxo negro, disse Héracles
numa voz sonolenta a que ninguém estava dando ouvidos.
Uma grande borboleta vermelha
passou voando montada numa pretinha.
Que simpático, disse Gerião, *uma está ajudando a outra.*
Héracles descerrou um olho e olhou.
Ela está trepando com a outra.
Héracles! disse a avó. Ele fechou os olhos.
Meu coração dói quando me comporto mal.
Em seguida olhou para Gerião e sorriu. *Posso te mostrar
nosso vulcão?*

XIV. PACIÊNCIA VERMELHA

Gerião não entendeu por que achou aquela fotografia
      perturbadora.

—

Ela própria a havia batido de pé sobre o telhado da casa
      naquela tarde em 1923
com uma câmera-caixote. "Paciência vermelha."
Uma exposição de quinze minutos que registrava tanto a
      forma geral do cone
com seus arredores (vistos melhor de dia)
quanto a chuva de bombas incandescentes arrojadas ao ar
      e rolando por suas encostas
(visíveis no escuro).
Bombas haviam disparado pela fissura a velocidades
      superiores a trezentos quilômetros
por hora, contou-lhe ela. O próprio cone
erguia-se mil metros acima do milharal ora extinto e cuspiu
      cerca de um milhão de toneladas
de cinzas, resíduos e bombas durante os primeiros meses.
Seguiu-se a lava por vinte e nove meses. Em toda a parte
      inferior da fotografia
Gerião podia divisar uma fileira de esqueletos de pinheiros
mortos pela cinza cadente. "Paciência vermelha". Uma
      fotografia que tem comprimidos
em sua superfície imóvel

quinze diferentes instantes no tempo, novecentos segundos
     de bombas subindo
e cinzas descendo
e pinheiros em vias de morte. Gerião não entendia por que
aquilo não lhe saía da cabeça.
Não era que ele achasse a fotografia particularmente
     agradável.
Não era que ele
não compreendesse como são feitas fotografias desse tipo.
Aquilo não lhe saía da cabeça.
E se você fizesse uma exposição de quinze minutos de um
     homem numa cadeia, digamos que a lava
tenha acabado de alcançar a janela dele?
ele perguntou. *Acho que você está confundindo sujeito e*
     objeto, disse ela.
Muito provavelmente, disse Gerião.

XV. PAR

Esses dias Gerião estava sentindo uma dor que não sentia
     desde a infância.

—

Suas asas forcejavam. Fustigavam uma à outra nos seus
     ombros
feito os pequenos inconscientes bichos vermelhos que eram.
Com parte de uma tábua de madeira encontrada no porão
     Gerião fez um colete ortopédico
e apertou bem as asas.
Depois vestiu de volta a jaqueta. *Você está esquisito hoje*
     Gerião tem algo errado?
disse Héracles quando viu Gerião
subindo as escadas do porão. Sua voz tinha um quê de
     incisivo. Ele gostava de ver Gerião feliz.
Gerião sentiu as asas voltando-se para dentro, e dentro, e
     dentro.
Nada estou ótimo. Gerião sorriu com força com metade do
     rosto. *Então amanhã Gerião.*
Amanhã?
Amanhã a gente pega o carro e dirige até o vulcão você vai
     gostar.
Sim.
Vai poder tirar umas fotografias. Gerião sentou-se de
     súbito. *E hoje à noite — Gerião? Você tá bem?*

Sim, ótimo, estou ouvindo. Hoje à noite —?
Por que você está com a jaqueta na cabeça?
....
Não consigo te ouvir Gerião. A jaqueta se mexeu. Gerião
       espiou para fora. *Eu disse às vezes*
eu preciso de um pouco de privacidade.
Héracles o estava observando, os olhos imperturbados
       como um lago. Observavam um ao outro,
este par ímpar.

XVI. CATANDO PIOLHO

Como na infância vivemos pairando perto do céu e agora,
      que aurora é esta.

—

Héracles jaz feito um pedaço rasgado de seda no calor do
      azul dizendo,
Gerião por favor. O oscilante da voz
fez Gerião pensar por algum motivo em se meter num
      celeiro
bem cedo pela manhã
quando a luz do sol acerta um fardo de feno cru ainda
      úmido da noite.
Põe a boca nele Gerião por favor.
Gerião obedeceu. Era doce o bastante. Estou aprendendo
      muito neste ano de minha vida,
pensou Gerião. Tinha um gosto muito jovem.
Gerião sentiu-se claro e poderoso — não mais um anjo
      ferido
mas uma pessoa magnética como Matisse
ou Charlie Parker! Depois ficaram aos beijos por longo
      tempo e depois
brincaram de gorila. Ficaram com fome.
Logo estavam numa mesa na Rodoviária esperando a
      comida.
Tinham começado a ensaiar

sua música ("Joy to the World") quando Héracles puxou a
        cabeça de Gerião
para o colo dele e começou a catar
piolho. Grunhidos de gorila misturaram-se aos sons do café
        da manhã no salão agitado.
A garçonete chegou
trazendo dois pratos com ovos. Gerião ergueu os olhos
        para ela sob o braço de Héracles.
Recém-casados? disse ela.

XVII. MUROS

Aquela noite eles saíram para grafitar.

———

Gerião fez o primeiro ESCRAVO DO AMOR com asas
          vermelhas na garagem da casa do padre
perto do templo católico.
Depois seguindo pela Rua Principal viram letras gordas e
          brancas (recentes) ao lado
dos correios. O CAPITALISMO FEDE.
Héracles mirou dúbio o galão de tinta. *Bom*. Estacionou no
          beco.
Depois de riscar com capricho as letras brancas
com uma barra de preto opaco ele as envolveu numa aérea
          nuvem vermelha
de caligrafia rebuscada.
CORTE AQUI. Estava quieto ao voltarem para o carro.
Depois foram pelo túnel
até a rampa de acesso à rodovia. Gerião estava entediado e
          disse que não conseguia mais
achar bons espaços em branco,
sacou a câmera e saiu andando rumo aos sons de tráfego.
          Lá em cima no viaduto
a noite escancarada
soprava faróis como um mar. Ele se postou contra o vento
          e deixou-se descamar
por completo.

De volta ao túnel Héracles tinha terminado de gravar seus
       sete preceitos pessoais
em preto e vermelho verticais sobre um estêncil
desbotado que dizia DEIXE OS MUROS EM PAZ e estava
       apoiado em um joelho limpando
o pincel na borda da lata.
Ele não ergueu o olhar mas disse, *Sobrou um pouco de*
       tinta — outro ESCRAVO DO AMOR? — não
vamos fazer algo animado.
Todos os seus desenhos têm a ver com servidão, isso me
       deprime.
Gerião observou o topo da cabeça de Héracles
e sentiu seus contornos voltando. Nada a dizer. Nada. Ele
       olhou para esse fato
com branda surpresa. Certa vez em sua infância
um cachorro comeu seu sorvete. Apenas um cone vazio
num pequeno dramático punho vermelho.
Héracles se levantou. *Não? Então vamos embora.* No
       caminho de casa tentaram "Joy to the World"
mas estavam cansados demais. O caminho parecia longo.

XVIII. ELA

De volta à casa tudo era escuridão exceto uma luz no
      alpendre.

—

Héracles foi ver. Gerião teve a ideia de ligar para casa e
      correu para o andar de cima.
Pode usar o telefone no quarto da minha mãe
no topo da escada virando à esquerda, Héracles gritou
      atrás dele. Mas quando ele alcançou o quarto
parou numa noite que súbito tornara-se sólida.
Quem sou eu? Ele já tinha estado aqui no escuro nas
      escadas com as mãos estendidas
tateando atrás de um interruptor — golpeou
e o quarto saltou em sua direção como uma onda raivosa
      com seus destroços implacáveis
de licores femininos, ele viu uma anágua
uma revista jogada pentes talco de bebê uma pilha de listas
      telefônicas uma tigela de pérolas
uma xícara de chá com água dentro ele próprio
no espelho cruel como um talho de batom — desligou a luz
      com um golpe.
Já estivera aqui antes, balançando
dentro da palavra *ela* como um penduricalho num cinto.
      Raios vermelhos zuniram por suas pálpebras
no pretume.

Enquanto ia descendo novamente as escadas Gerião pôde
        ouvir a voz da avó.
Ela estava sentada no balanço do alpendre
com as mãos sobre o colo e os pequenos pés balançando.
        Um retângulo de luz
caía no alpendre vindo da porta da cozinha
e chegava a tocar a borda de sua roupa. Héracles estava
        deitado de costas sobre a mesa de piquenique,
os braços cruzados sobre o rosto.
A avó observou Gerião atravessar o alpendre e sentar-se
        entre os dois
numa cadeira de praia
sem interromper a frase — *essa ideia de que seus pulmões*
        vão explodir
se você não alcançar a superfície —
pulmões não explodem eles entram em colapso sem
        oxigênio soube por Virginia Woolf
que certa vez falou comigo numa festa é claro que não
sobre afogamento disso ela ainda não fazia ideia — já lhe
        contei essa história antes?
Lembro que o céu atrás dela era roxo ela
veio em minha direção dizendo Por que você está sozinha
        neste imenso jardim em branco
como um naco de eletricidade? *Eletricidade?*
Talvez ela tenha dito bolinho e chá da tarde estávamos
        bebendo gim já passara muito tempo
desde a hora do chá mas ela era uma mulher extremamente
        original
eu estava rezando Deus que ela tenha mesmo dito bolinho
        e chá da tarde eu vou contar minha anedota
de Buenos Aires aqueles argentinos
tão doidos por chá todos os dias às cinco as xicrinhas mas
        ela já estava longe as xicrinhas
translúcidas como ossos sabe

em Buenos Aires eu tinha um cachorrinho mas vejo pelo
seu rosto que estou divagando.
Gerião pulou. *Não senhora*, gritou
talhado pela cadeira de praia. *Presente de Freud mas aí já é*
outra história.
Sim senhora?
Ele se afogou não Freud o cachorro e Freud fez um chiste
não era um chiste engraçado
tinha a ver com transferência incompleta não consigo
lembrar em alemão mas o clima alemão disso eu lembro
perfeitamente.
Como era o clima senhora?
Frio e enluarado. Você se encontrava com Freud de noite?
Só no verão.
O telefone tocou e Héracles
caiu da mesa e correu para atendê-lo. Sombras do luar de
julho postavam-se imóveis
sobre a grama. Gerião viu
se diluir delas uma presença. *O que eu estava dizendo? Ah*
sim Freud a realidade
é uma teia costumava dizer Freud —
Senhora? Sim. Posso perguntar uma coisa? Certamente.
Quero saber sobre o Homem de Lava.
Ah.
Quero saber como ele era. Ele ficou gravemente queimado.
Mas ele não morreu?
Não na cadeia.
E depois? E depois ele se juntou ao Barnum sabe o Circo
Barnum
ele viajou pelos Estados Unidos ganhou um bocado
de dinheiro eu vi o espetáculo na Cidade do México
quando tinha doze anos. O espetáculo era bom?
Bastante bom Freud o teria chamado

de metafísica inconsciente mas aos doze anos eu não era
        cínica me diverti um bocado.
E o que ele fazia? Ele dava
pedra-pomes de brinde e mostrava onde a incandescência o
        havia roçado
sou uma gota de ouro ele dizia
eu sou matéria derretida vinda do núcleo da terra pra
        contar coisas interiores —
Vejam! ele então furava o polegar
e espremia gotas cor de ocre que chiavam quando caíam
        num prato —
Sangue de vulcão! Alegava
que a temperatura de seu corpo era de 80 graus estáveis e
        deixava as pessoas
tocarem sua pele por 75 centavos
nos fundos da tenda. Então você encostou nele? Ela
        pausou. Digamos que —
Héracles entrou às pressas.
É sua mãe. Ela já terminou de gritar comigo agora quer
        falar com você.

XIX. DO ARCAICO AO EU VELOZ

A realidade é um som, há que sintonizar-se não só ficar
     berrando.

—

Acordou ligeiro de um sonho barulhento e selvagem que
     desapareceu instantaneamente e ficou deitado
     ouvindo
as esplêndidas sutis ravinas do Hades
onde industriosos macacos do amanhecer adulavam e
     atormentavam uns aos outros
para cima e para baixo das árvores de mogno.
Os gritos tiravam-lhe pequenas lascas. Era por essas horas
     que Gerião gostava de planejar
sua autobiografia, naquele estado turvo
entre desperto e dormindo quando há abertas na alma
     válvulas de entrada em demasia.
Como a crosta terrestre da Terra
que é proporcionalmente dez vezes menos espessa que uma
     casca de ovo, a pele da alma
é um milagre de pressões mútuas.
Milhões de quilogramas de força subindo a golpes do
     núcleo da terra para encontrar-se
com o frio ar do mundo e parar,
como nós, bem a tempo. A autobiografia,
na qual Gerião trabalhou dos cinco aos quarenta e quatro
     anos de idade,

recentemente tomara a forma
de um ensaio fotográfico. Agora que sou um homem em
transição, pensou Gerião
usando uma frase que aprendera de —
a porta bateu contra a parede quando Héracles a abriu com
um chute e entrou carregando uma bandeja
com duas xícaras e três bananas.
Serviço de quarto, disse Héracles procurando com os olhos
um lugar para deixar a bandeja.
Gerião arrastara toda a mobília
para junto das paredes do quarto. *Ah que bom*, disse
Gerião. *Café.*
Não, é chá, disse Héracles.
Minha avó está na Argentina hoje de novo. Ele deu uma
banana a Gerião.
Ela estava me contando agora há pouco dos eletricistas.
Sabe você precisa passar numa prova pra entrar no
sindicato dos eletricistas
em Buenos Aires mas todas as perguntas da prova
são sobre a constituição. Como assim a constituição
humana?
Não a constituição da Argentina
exceto a última. A última constituição? Não a última
pergunta da prova —
adivinhe qual é você nunca vai adivinhar. Adivinhe.
Não.
Vamos. Não eu odeio adivinhar. Só uma tentativa vamos
Gerião só uma.
A que horas do dia o Krakatoa entrou em erupção?
Boa pergunta mas não. Ele pausou. *Desistiu?* Gerião olhou
para ele.
O que é o Espírito Santo?
É isso? É isso. O que é o Espírito Santo — pergunta
veramente elétrica!

nas palavras da minha avó.
Héracles estava sentado no chão ao lado da cama. Esvaziou
a xícara de chá
e mirou Gerião.
Então a que horas do dia o Krakatoa entrou em erupção?
Quatro da manhã, disse Gerião puxando a manta
até a altura do queixo.
*O barulho acordou gente dormindo na Austrália a três mil
quilômetros de distância.*
Você está de brincadeira como é que sabe disso?
Gerião tinha encontrado a *Enciclopédia Britânica* (edição
de 1911) no porão
e lera o verbete Vulcão.
Deveria admiti-lo? Sim. *Enciclopédia.* Héracles descascou
uma banana.
Parecia estar pensando.
Então sua mãe parecia bem zangada ontem à noite. Gerião
disse *Sim.* Héracles comeu
metade de sua banana. Comeu a outra metade.
Então o que você acha? Como assim o que eu acho?
Héracles pôs
sua casca de banana sobre a bandeja
endireitando cuidadosamente as suas partes. *Já não está na
hora de você voltar?*
Gerião tinha a boca cheia
de banana e não ouviu muito bem. Essa frase é importante
para você,
disse uma miúda embalada voz de dentro.
Oi? Eu disse que tem um ônibus toda manhã lá pelas nove.
Gerião estava tentando
respirar mas um muro vermelho
havia cortado o ar pela metade. *E você? Ah eu vou ficar
por aqui*
acho que minha avó quer

pintar a casa ela disse que me pagaria acho que consigo
        arranjar uns dois sujeitos
da cidade pra ajudar.
Gerião pensava com força. Chamas lambiam o piso de
        tábuas dentro dele.
Eu sou um pintor bastante bom, ele disse.
Mas a palavra *bom* rachou-se ao meio. Héracles o
        observava. *Gerião você sabe*
que sempre seremos amigos.
O coração e os pulmões de Gerião eram uma crosta negra.
        Ele teve um súbito e forte desejo
de ir dormir. Héracles pôs-se de pé deslizando
suave como um macaco. *Corra e vá se vestir Gerião nós*
        vamos te mostrar
um vulcão hoje eu te espero
no alpendre minha avó também quer ir.
Na autobiografia de Gerião
esta página mostra uma foto do risinho vermelho de um
        coelho amarrado com uma fita branca.
Ele a intitulou "Com ciúmes de minhas pequenas
        sensações".

XX. AA

Gerião adormeceu sete ou oito vezes a caminho do vulcão.

—

Os outros dois estavam falando sobre feminismo e depois
       sobre a vida em Hades e depois betume instável
ou terá isso saído da *Britânica*? Todas
as frases se misturavam na flutuante adormecente cabeça de
       Gerião *os homens*
tinham que ser ensinados
a odiar as mulheres pra massagem nos pés pedra-pomes e
       balastro na ferrovia claro
eles sabem como acontecem as erupções
suas pequenas cortesias elementares disparando pra fora
       como uma língua mas
como é que eu posso conversar
com pessoas que não conhecem a experiência europeia
       — agora
acordado num sobressalto Gerião
olhou para fora. O mundo se fizera negro e bulboso.
       Brilhantes cordas de lava velha
erguiam-se e caíam em todas as direções
ao redor do carro que havia estacionado. Quase toda rocha
       vulcânica é basalto.
Se for escura e compacta isso significa
pouquíssima sílica na composição (de acordo com a
       Enciclopédia Britânica).

Pouquíssima sílica na composição,
disse Gerião ao saltar. Depois a rocha o silenciou.
Armara-se por todos os lados
totalmente branca exceto por uma escura unidade fissurada
      de luz intraplacas
quicando de rocha em rocha
como se procurasse seus semelhantes. Gerião pôs o pé para
      fora para dar um passo.
A lava emitiu
um guinchado vítreo e ele pulou. *Cuidado*, disse a avó de
      Héracles.
Héracles a tinha içado do banco de trás,
ela agora estava de pé apoiada no seu braço. *Esse domo de*
      lava aqui tem mais de noventa por cento
de vidro — obsidiana riolita é como chamam. Eu acho
muito bonito. Parece pulsar quando a gente olha. Ela
      começou a avançar
com um tinido
por sobre as vagas negras. *Dizem que o motivo de todos*
      estes blocos e resíduos no topo
são as deformações produzidas quando o vidro
esfria assim tão rápido. Ela fez um ruidinho. *Me lembra o*
      meu casamento. Ela
então tropeçou e Gerião
tomou-lhe o outro braço, era como um punhado de
      outono. Sentiu-se imenso e descabido.
Quando é educado largar o braço de alguém
depois de tê-lo agarrado?
Por um instante equilibrando-se sobre a superfície vítrea ele
      adormeceu e acordou
ainda agarrado a seu braço, Héracles estava dizendo
... nas palavras cruzadas. É a palavra havaiana pra lava
      compacta.
Como se soletra?

Como se pronuncia — aa. Gerião cochilou, acordou
     novamente, eles estavam no carro
distanciando-se já
das terríveis rochas. Na frente Héracles e sua avó haviam
     começado a harmonizar as vozes de
"Joy to the World".

XXI. QUEIMADURA DE MEMÓRIA

Héracles e Gerião tinham ido à videolocadora.

—

Lua cheia dispara céleres nuvens a correr por um céu frio.
　　　Ao voltarem
estavam discutindo.
Não é a foto que te perturba é que você não entende o que
　　　é a fotografia.
A fotografia é perturbadora, disse Gerião.
A fotografia é uma forma de jogar com relações
　　　perceptivas.
Bom exatamente.
Mas você não precisa de uma câmera pra saber disso. E as
　　　estrelas?
Vai me dizer
que nenhuma estrela está lá de fato? Bom algumas estão
　　　mas algumas se consumiram
há dez mil anos.
Eu não acredito nisso.
Como você pode não acreditar, é fato conhecido. Mas eu as
　　　vejo. Você vê memórias.
Já não tivemos essa conversa?
Gerião seguiu Héracles até o alpendre dos fundos.
　　　Sentaram-se em extremos opostos do sofá.
Você sabe o quão distantes estão algumas daquelas
　　　estrelas?

Simplesmente não acredito. Quero ver alguém encostar
numa estrela e não se queimar. Se
levantar o dedo e disser, É só uma queimadura de
memória!,
daí eu acredito. Certo esqueça as estrelas e quanto ao som,
você já viu
um homem cortar lenha numa floresta.
Não eu não fico observando homens em florestas.
Desisto. Seria muito frio. O quê? Seria muito frio, repetiu
a avó do balanço do alpendre.
Observar homens em florestas? Uma queimadura de
memória. Ah. Ela tem razão. Sim ela tem ela
já teve uma queimadura pulmonar uma vez
e fazia frio e não me chame de ela quando estou bem aqui.
Desculpa.
Você teve uma queimadura pulmonar no Hades? Não, foi
nos Pirineus que queimei os pulmões eu tinha
ido a St. Croix fotografar os esquiadores
isto foi nas Olimpíadas de 1936 Grushenk estava
competindo vocês conhecem
Grushenk? Bem pouco importa ele era muito rápido
eu vendi uma fotografia dele vestindo umas extraordinárias
calças de esqui escarlates
pra revista Life por mil dólares.
Era uma baita quantia em 1936. Não seja condescendente
ainda é uma baita quantia —
pra uma fotografia. O pai de Héracles
(ela acenou com a mão na direção do sofá mas Héracles há
muito já havia voltado para dentro da casa)
me deu menos que a metade disso por "Paciência
vermelha" —
você deu uma olhada em "Paciência vermelha" não?
Queria que ele não a tivesse pendurado na
cozinha

muito escuro lá dentro
as pessoas acham que é uma fotografia em preto e branco
   claro ninguém sabe
olhar uma fotografia hoje em dia.
Não eu vi a lava, é lava? Claro sim você quer dizer no topo
   do cone.
Não quero dizer na parte de baixo
da fotografia no tronco de um dos pinheiros gotinhas
   vermelhas como sangue.
Ah sim muito bem as gotinhas vermelhas
minha assinatura. É uma fotografia perturbadora. Sim.
   Mas por quê?
"A alegria a transfigurar todo aquele pavor".
Quem disse isso? Yeats.
Onde foi que Yeats viu um vulcão? Acho que ele estava
   falando de política. Não,
acho que não é isso que quero dizer.
Quer dizer o silêncio. Mas todas as fotografias são
   silenciosas. Não seja simplista isso
é como dizer que todas as mães
são mulheres. Bom e não são? Claro que sim mas isso não
   esclarece nada. A questão é
como usar isso — dados
os limites da forma — Sua mãe vive na ilha? Não quero
falar sobre minha mãe.
Ah bom. Então fiquemos em silêncio. Héracles transpôs a
   porta vindo da cozinha.
Escalou a parte de trás do sofá
e afundou-se nele de comprido. *Sua avó estava me*
   ensinando
o valor do silêncio, disse Gerião.
Aposto que sim, disse Héracles. Voltou-se para ela. *Está*
   tarde Vó não quer ir pra cama?
Não consigo dormir anjo, disse ela.

Está sentindo a perna? Posso esfregar seus tornozelos.
Vamos te levo lá pra cima.
Héracles estava de pé diante dela
e ergueu-a para si como neve. Gerião viu que as pernas
      delas eram assimétricas,
uma apontava para cima a outra para baixo e para trás.
Boa noite crianças, disse ela em sua voz de carvão velho.
Que Deus lhes agracie com sonhos.

XXII. FRUTEIRA

Sua mãe estava sentada à mesa da cozinha quando Gerião
    abriu a porta de tela.

—

Ele tinha tomado o ônibus local que partia de Hades. Sete
    horas de viagem. Chorou quase o caminho todo.
Queria ir direto para o seu quarto
e fechar a porta mas quando a viu sentou-se. As mãos na
    jaqueta.
Ela fumou em silêncio por um instante
depois descansou o queixo contra a mão. Olhos no peito
    dele. *Bela camiseta*, disse ela.
Era uma regata vermelha com letras brancas
que diziam FILÉ
        MIGNON. *Héracles me deu* — e aqui Gerião
    desejara
deslizar friamente pelo nome
mas uma nuvem de agonia tão grande despejou-se de sua
    alma que ele não pôde lembrar
o que estava dizendo.
Inclinou-se para frente. Ela baforou. Tinha os olhos postos
    nas mãos dele de modo que ele as soltou
da borda da mesa
e começou a girar lentamente a fruteira. Ele a girou em
    sentido horário.
Anti-horário. Horário.

Por que essa fruteira está sempre aqui? Ele parou e a
          segurou pela borda.
Ela sempre está aqui e nunca
tem fruta nenhuma dentro. Estive aqui minha vida inteira
          nunca teve fruta aí dentro. Isso não
te incomoda? Como saber
que é mesmo uma fruteira? Ela o mirou através da fumaça.
          Como você acha que é
crescer numa casa cheia
de fruteiras vazias? A voz dele esganiçara. Seus olhos
          cruzaram com os dela e eles começaram
a rir. Eles riram
até escorrerem lágrimas. Depois ficaram quietos, sentados.
          Deslizaram de volta
para paredes opostas.
Falaram de uma série de coisas, a roupa suja, o irmão de
          Gerião estar usando drogas,
a luz no banheiro.
Em certo momento ela tirou um cigarro, olhou para ele,
          colocou-o de volta. Gerião deitou
a cabeça nos braços sobre a mesa.
Estava muito sonolento. Afinal levantaram-se e seguiram
          cada um o seu caminho. A fruteira
ficou lá. Vazia sim.

XXIII. ÁGUA

Água! De entre duas massas contraídas do mundo saltou a
    palavra.

—

Chovia na cara dele. Por um instante se esqueceu de que
    era um coração partido
depois lembrou. Doentia guinada
para baixo até Gerião preso em sua própria maçã podre.
    A cada manhã um choque
retornar à alma dividida.
Arrastando-se até a borda da cama fixou a opaca
    amplitude da chuva.
Baldes d'água jorravam do céu
sobre o telhado sobre a calha sobre o parapeito.
    Observou-a atingir seus pés e empoçar no chão.
Podia ouvir fragmentos de voz humana
correndo pela tubulação — *Acredito na gentileza* —
Fechou a janela com um golpe.
Na sala de estar lá embaixo tudo estava imóvel. Cortinas
    fechadas, cadeiras dormindo.
Enormes chumaços de silêncio enchiam o ar.
Procurou com olhos fixos o cão quando percebeu que há
    anos não tinham um cão. O relógio
na cozinha disse quinze para as seis.
Ele o ficou olhando, esforçando-se para não piscar até que
    o ponteiro maior saltasse até

o minuto seguinte. Anos se passaram
enquanto seus olhos vertiam água e mil ideias investiam
        contra seu cérebro — *Se o mundo*
acabar agora estarei livre e
Se o mundo acabar agora ninguém verá minha
        autobiografia — afinal saltou.
Teve um vislumbre da casa adormecida de Héracles
e o pôs de lado. Pegou o pote de café, abriu a torneira e
        começou a chorar.
Do lado de fora o mundo natural estava desfrutando
de um momento de força total. O vento corria sobre o chão
        como um mar e golpeava
os cantos dos edifícios,
latas de lixo arremetiam pelos becos atrás de suas almas.
Uma gigantesca arcada de chuva abriu-se
num lampejo luminoso para unir-se outra vez, fazendo o
        relógio da cozinha
solavancar loucamente. Em algum lugar uma porta bateu.
Folhas passavam pela janela com violência. Fraco como
        uma mosca Gerião agachou-se contra a pia
com o punho na boca
e as asas se arrastando sobre o escorredor. A chuva
        açoitando a janela da cozinha
disparou mais uma frase
de Héracles a correr por sua mente. *Uma fotografia é só*
        um monte de luz
batendo contra uma chapa. Gerião enxugou o rosto
com as asas e foi até a sala de estar procurar pela câmera.
Quando saiu para o alpendre dos fundos
a chuva escoava do telhado para dentro da manhã tão
        escura quanto a noite.
Trazia a câmera enrolada
num moletom. A fotografia se chama "Se dorme estará
        salvo".

Mostra uma mosca boiando num balde d'água —
afogada mas com uma estranha agitação de luz em torno
       das asas. Gerião usou
uma exposição de quinze minutos.
No momento em que abriu o obturador a mosca parecia
       ainda estar viva.

XXIV. LIBERDADE

A vida de Gerião adentrou um período morto, preso entre
    a língua e o gosto.

—

Ele arranjou um emprego na biblioteca local arquivando
    documentos oficiais. Era
simpático trabalhar num porão
zunindo com tubos fluorescentes e frio como um mar de
    pedra. Os documentos
tinham uma austeridade desolada,
altos e calados em suas seções como veteranos de uma
    guerra esquecida. Sempre
que um bibliotecário vinha de tropel
pelas escadas de metal com um recibo rosa para um dos
    documentos,
Gerião desaparecia entre as pilhas.
Um pequeno botão no fim de cada seção acionava o trilho
    fluorescente acima.
Um amarelado cartão 5x7
preso com adesivo sob cada botão dizia APAGAR TODAS AS
    LUZES AO SAIR.
Gerião lampejou
pelas seções como um pontinho de mercúrio ligando e
    desligando os interruptores.
Os bibliotecários achavam-no

um rapaz talentoso com um lado obscuro. Certa noite
      durante a janta quando sua mãe
lhe perguntou
como eles eram, Gerião não conseguiu se lembrar se os
      bibliotecários eram homens
ou mulheres. Ele havia batido algumas
fotografias cuidadosas mas estas mostravam apenas os
      sapatos e as meias de cada pessoa.
Pra mim quase todos parecem sapatos de homem,
disse a mãe dele debruçando-se sobre as ampliações que ele
      havia espalhado na mesa da cozinha.
Exceto — quem é esse? ela apontou.
Era uma fotografia tirada ao nível do chão de um único pé
      nu escorado sobre
a gaveta aberta de um arquivo de metal.
Mais abaixo no chão via-se um tênis Converse vermelho
      sujo caído de lado.
É a irmã do secretário do bibliotecário-chefe.
Ele puxou uma foto de meias brancas de acrílico e
      mocassins escuros
cruzados na altura do tornozelo: secretário do
      bibliotecário-chefe.
De vez em quando ela aparece às cinco pra aproveitar a
      carona dele. A mãe de Gerião
olhou mais de perto. *O que ela faz?*
Trabalha no Dunkin' Donuts eu acho. Boa menina? Não.
      Sim. Não sei.
Gerião fez uma careta. Sua mãe estendeu
a mão para tocar-lhe a cabeça mas ele se esquivou e
      começou a juntar
as fotografias. O telefone tocou.
Pode atender? disse ela voltando-se para a pia. Gerião foi
      para a sala
e ficou parado observando o telefone

enquanto este tocava uma terceira e uma quarta vez. *Alô?*
Gerião? Oi sou eu. Você está com uma voz
esquisita estava dormindo?
A voz de Héracles foi quicando através de Gerião sobre
quentes molas douradas.
Ah. Não. Não eu não estava.
Então como vão as coisas? O que tem feito? Oh — Gerião
sentou-se com força sobre o tapete,
o fogo estava vedando os seus pulmões —
nada demais. Você? Ah o de sempre você sabe isso e aquilo
pintei um bocado
ontem à noite com Hart. Heart de coração?
Acho que você não chegou a conhecer o Hart quando
esteve aqui ele veio
do continente sábado passado
ou foi sexta não sábado Hart é lutador de boxe disse que
pode me treinar pra ser
seu corner. Sério.
Um bom corner pode fazer toda a diferença diz o Hart.
É mesmo.
Muhammad Ali tinha um corner chamado Mr. Kopps eles
costumavam se dependurar
lá na corda e escrever poemas
juntos entre os rounds. Poemas. Mas não foi por isso que
liguei Gerião
o motivo pelo qual liguei é pra te contar
do meu sonho eu tive um sonho com você noite passada.
Ah teve. Sim você era esse
índio velho postado no alpendre dos fundos
e lá tinha um balde d'água lá no degrau com um pássaro
afogado dentro —
um pássaro grande amarelo imenso sabe
boiando de asas abertas e você se debruçava e dizia, Vamos
lá

saia daí — *e você o pegava*
por uma asa e simplesmente o atirava no ar VUCH *ele*
        voltava à vida
e depois desaparecia.
Amarelo? disse Gerião e ele estava pensando Amarelo!
        Amarelo! Mesmo em sonhos
ele não sabe nada de mim! Amarelo!
O que você disse Gerião?
Nada.
É um sonho de liberdade Gerião.
Sim.
Liberdade é o que quero pra você Gerião somos amigos de
        verdade sabe é por isso
que eu quero que você seja livre.
Não quero ser livre quero estar com você. Golpeado mas
        alerta Gerião organizou toda
sua força interior para suprimir esse comentário.
Melhor eu sair da linha agora Gerião a minha avó fica uma
        arara
se a conta vem alta por minha causa mas é muito bom
ouvir sua voz...
Gerião? Tudo bem se eu usar o telefone agora? Preciso
        ligar pra Maria. Sua mãe
de pé no corredor.
Ah sim claro. Gerião pôs o fone no gancho. *Perdão. Você*
        está bem? Sim. Ficou de pé
num salto. *Estou saindo.*
Pra onde? disse ela enquanto ele passava por ela rumo à
        porta.
Praia.
Você não quer um agasalho — A porta de tela se fechou. Já
passava muito da meia-noite
quando Gerião retornou. A casa estava escura. Ele subiu
        até seu quarto.

Depois de se despir ficou
de frente para o espelho e se observou vazio. Liberdade! Os
        joelhos gorduchos
o cheiro vermelho esquisito os modos de entristecer.
Ele se afundou na cama e ficou deitado de comprido.
        Lágrimas escorreram até seus ouvidos por um
        tempo
e depois mais nenhuma lágrima.
Ele havia atingido o fundo do poço. Sentindo-se ferido mas
        puro ele apagou a luz.
Pegou no sono instantaneamente.
Aos tapas a raiva acordou o tolo vermelho às três da
        manhã ele ficava tentando respirar cada vez
que erguia a cabeça ela o atingia
novamente como um pedaço de alga contra uma praia
        negra e dura. Gerião sentou-se de súbito.
O lençol estava ensopado.
Ele ligou a luz. Ele estava olhando o ponteiro dos segundos
        no relógio elétrico
sobre a penteadeira. Seu pequeno zunido seco
corria-lhe por sobre os nervos como um pente. Ele se
        forçou a desviar os olhos. A entrada do quarto
o encarava negra como um buraco de fechadura.
Seu cérebro avançava aos trancos como um projetor de
        slides com defeito. Ele viu a entrada
a casa a noite o mundo e
do outro lado do mundo em algum lugar Héracles rindo
        bebendo entrando
num carro e o corpo inteiro
de Gerião formou um arco de um grito — alçado para
        aquele hábito, humano hábito
do amor equívoco.

XXV. TÚNEL

Gerião estava fazendo as malas quando o telefone tocou.

——

Ele já sabia quem era ainda que, agora que tinha vinte e
    dois anos e vivia
no continente, falasse com ela
geralmente nas manhãs de sábado. Escalou a mala e
    estendeu
a mão para pegar o telefone, derrubando
na pia o *Guia Fodor da América do Sul* e seis caixas de
    filme colorido DX 100.
Quarto pequeno.
Oi mãe sim estava quase
....
Não, consegui um assento perto da janela
....
Dezessete mas tem uma diferença de três horas entre aqui e
    Buenos Aires
....
Não escute eu telefonei —
....
Telefonei pro consulado hoje não preciso tomar vacina pra
    Argentina
....

Mãe seja razoável Voando para o Rio *foi feito em 1933 e se
passa no Brasil*

....

*Que nem quando fomos à Flórida e o pai ficou todo
inchado*

....

Sim ok

....

Bom você sabe o que dizem os gauchos ·

....

*Alguma coisa que ver com galopar bravamente rumo ao
nada*

....

Não exatamente parece um túnel

....

Ok eu ligo assim que chegar no hotel — Mãe? *Preciso ir
pro ponto de táxi*
olha não fume muito

....

Eu também

....

Tchau

XXVI. AVIÃO

Lá em cima é sempre inverno.

———

À medida que o avião se deslocava sobre a branca planura
       congelada das nuvens Gerião
deixou sua vida para trás como se fosse uma temporada
       escassa.
Certa vez vira um cão tendo um ataque de raiva. Saltando
       sem propósito como um brinquedo mecânico
e caindo de costas
de um jeito espásmico como se operado por fios. Quando o
       dono veio e encostou uma arma
na têmpora do cão Gerião foi embora.
Agora debruçado para olhar pela pequena janela oblonga
       onde gélidas luzes de nuvem
perfuravam seus olhos
desejou ter permanecido para vê-lo liberto.
Gerião estava com fome.
Abrindo seu *Guia Fodor* ele começou a ler "Coisas que
       você precisa saber sobre a Argentina".
"Os mais fortes arpões
são feitos do osso interno do crânio de uma baleia que
       encalha na Terra do Fogo.
Dentro do crânio existe uma *canalita*
e ao longo desta dois ossos. Arpões feitos com ossos de
       mandíbula não são tão fortes."

Um delicioso aroma de foca assando
flutuava pelo avião. Ele ergueu os olhos. A fileiras de
        distância lá na frente
os comissários estavam distribuindo
a janta com um carrinho. Gerião estava com muita fome.
        Forçou-se a ficar encarando
pela pequena janela fria e contar
até cem antes de erguer os olhos novamente. O carrinho
        não tinha se movido. Ele pensou
em arpões. Um homem com um arpão
passa fome? Mesmo um arpão feito de osso de mandíbula
        poderia atingir o carrinho daqui.
Como as pessoas obtêm poder sobre outras,
este mistério. Trouxe os olhos de volta ao *Guia Fodor*.
        "Entre
a população indígena da Terra do Fogo
existiam os Yamana que enquanto substantivo significa
        'pessoas não animais' ou como verbo
'viver, respirar, ser feliz, recuperar-se
de uma doença, tornar-se são'. Quando acrescido como
        sufixo à palavra correspondente a *mão*
denota 'amizade'."
O jantar de Gerião chegou. Ele desembrulhou e comeu
        cada item com avidez procurando
o cheiro que havia sentido
há poucos instantes mas não o encontrou ali. Também os
        Yamana, ele leu, já estavam extintos
em princípios do século XX —
dizimados pelo sarampo contraído dos filhos dos
        missionários ingleses.
Conforme a escuridão da noite deslizava pelo mundo
        exterior
o interior do avião ficou menor e mais frio. Havia trilhos
        de neon

no teto que se apagavam sozinhos.
Gerião fechou os olhos e ouviu os motores vibrando
        profundamente nos canais
borrifados de lua de seu cérebro. Qualquer movimento
que fizesse punha suas rótulas em duro contato com o
        castigo.
Tornou a abrir os olhos.
Bem na frente da cabine pendia uma tela. A América do Sul
        brilhava
como um abacate. Uma viva linha vermelha
marcava o progresso do avião. Ele observou a linha
        vermelha avançar
de Miami
rumo a Porto Rico a 972 quilômetros por hora. O
        passageiro à sua frente
havia escorado sua câmera de vídeo
gentilmente contra a cabeça adormecida de sua esposa e
        filmava a tela,
que agora registrava
Temperatura Exterior (50 graus negativos) e *Altura*
        (10.670 metros)
bem como *Velocidad*.
"Os Yamana, cuja imundície e pobreza persuadiram
        Darwin, de passagem em seu *Beagle*,
de que eram homens-macacos indignos
de estudo, tinham quinze nomes para nuvens e mais de
        cinquenta para diferentes graus
de parentesco. Entre suas variantes do verbo
'morder' havia uma palavra que significa 'atingir de
        surpresa uma substância dura
ao comer algo macio
por exemplo uma pérola num mexilhão'." Gerião
        moveu-se para baixo e para cima no assento
de espuma tentando desatar

nódulos de dor em sua coluna. Virou-se meio de lado mas
        não encontrou posição para o braço esquerdo.
Jogou-se novamente para a frente
apagando acidentalmente a luz de leitura e derrubando seu
        livro no chão.
A mulher ao lado gemeu
e caiu molemente sobre o descanso de braço como uma
        foca ferida. Ele sentou-se no escuro anestesiado.
Com fome de novo.
A tela registrava o horário local (Bermudas) como sendo
        dez minutos para as duas.
De que é feito o tempo?
Ele podia senti-lo formar uma massa em torno de si, ele
        podia ver seus grandes blocos de peso morto
bem estreitados um ao outro
por todo o trajeto de Bermudas até Buenos Aires —
        estreitados demais. Seus pulmões contraíram.
Medo do tempo o atacou. O tempo
estava espremendo Gerião como os foles de um acordeão.
        Abaixou a cabeça para espiar
o pequeno e frio reflexo negro da janela.
Do lado de fora uma lua mordida galopava rápido sobre
        um planalto de neve. Fitando o vasto
não-mundo negro e prateado que passava
e não passava incompreensivelmente por este suspenso
        fragmento de humano
sentiu sua indiferença rugir por cima
de sua caixa craniana. Uma ideia foi pincelando a borda da
        caixa serpeou
para dentro do canal detrás das asas
e sumiu. Um homem se move através do tempo. Isso não
        significa nada além de que,
como um arpão, uma vez lançado, ele chegará.

Gerião apoiou a testa contra o frio duro zunido do vidro
    duplo e dormiu.
No chão sob seus pés
o *Guia Fodor* achava-se aberto. O GAUCHO ADQUIRIU UMA
    NOÇÃO EXAGERADA
DE DOMÍNIO SOBRE
SEU PRÓPRIO DESTINO PELO SIMPLES ATO DE ANDAR A
    CAVALO
POR GRANDES EXTENSÕES DE PLANÍCIE.

XXVII. MITWELT

Não existe pessoa sem um mundo.

—

O monstro vermelho estava sentado numa mesa de canto
        do Café Mitwelt escrevendo trechos de Heidegger
nos postais que comprara.

> *Sie sind das was betreiben*
> há muitos alemães em
> Buenos Aires são todos
> jogadores de futebol o clima está
> delicioso gostaria que estivesse aqui
>   GERIÃO

escreveu ao irmão agora locutor esportivo numa estação de
        rádio do continente.
No extremo do bar
perto das garrafas de uísque Gerião viu um garçom falando
        com outro por trás da mão.
Supôs que em breve
o enxotariam. Poderiam adivinhar, pelo ângulo de seu
        corpo, pela maneira como
sua mão se mexia que estava
escrevendo em alemão não em espanhol? Provavelmente
        era ilegal. Gerião vinha estudando
filosofia alemã na faculdade

havia três anos, sem dúvida os garçons também sabiam
        disso. Ajeitou os músculos
superiores das costas dentro
do imenso sobretudo apertando as asas e virou mais um
        postal.

    Zum verlorenen Hören
    Há muitos alemães
    em Buenos Aires são todos
    psicanalistas o
    clima está delicioso gostaria
    que estivesse aqui
            GERIÃO

escreveu a seu professor de filosofia. Mas agora percebeu
        um dos garçons
vindo em sua direção. Um jato frio
de medo atravessou seus pulmões. Vasculhou dentro de si à
        cata de frases em espanhol.
Por favor não chame a polícia —
como soava o espanhol? não conseguia lembrar uma única
        palavra.
Verbos irregulares em alemão
estavam marchando por sua mente quando o garçom se
        aproximou de sua mesa e ficou parado ali,
uma ofuscante toalha branca
jogada sobre o antebraço, inclinando-se de leve para
        Gerião. *Aufwarts abwarts*
ruckwarts vorwarts auswarts einwarts
nadavam círculos loucos ao redor uns dos outros enquanto
        Gerião observava o garçom extrair
suavemente uma xícara de café
do entulho de postais que recobria a mesa e endireitar a
        toalha

enquanto indagava num inglês perfeito
O cavalheiro gostaria de mais um expresso? mas Gerião já
estava se pondo
de pé atrapalhado com os postais
numa mão, as moedas caindo sobre a toalha da mesa e foi
embora com estrondo.
Não era o medo do ridículo,
ao qual a vida cotidiana de pessoa alada vermelha já havia
habituado Gerião desde cedo,
mas essa deserção vazia de sua própria mente
que o colocava em desespero. Talvez fosse louco. Na sétima
série ele havia feito
um trabalho de ciências sobre essa preocupação.
Foi no ano em que ele começou a se perguntar sobre o
barulho que fazem as cores. As rosas vinham
rugindo em sua direção pelo jardim.
De noite ficava deitado na cama ouvindo a luz prateada das
estrelas golpeando
a janela telada. A maioria
das pessoas que entrevistou para o trabalho de ciências teve
de admitir que não ouvia
os gritos das rosas
sendo queimadas vivas ao sol do meio-dia. *Como cavalos,*
dizia Gerião para ajudar,
como cavalos numa guerra. Não, balançavam
negativamente as cabeças.
Por que a grama tem folhas? ele lhes perguntava. *Não será
porque farfalham?*
As pessoas o encaravam. *Você devia estar
entrevistando rosas não gente,* disse o professor de ciências.
Gerião gostou dessa ideia.
A última página de seu trabalho
era uma fotografia da roseira de sua mãe sob a janela da
cozinha.

Quatro das rosas estavam em chamas.
Estavam eretas e puras no caule, agarrando o escuro como
        profetas
e uivando intimidades colossais
do fundo de suas gargantas fundidas. *Sua mãe não se
        incomodou —*
Signor! Algo sólido aterrissou
contra suas costas. Gerião havia estacado no meio de uma
        calçada
em Buenos Aires
com pessoas transbordando de todos os lados de seu
        imenso sobretudo. Pessoas, pensou Gerião,
para quem a vida
é uma aventura maravilhosa. Afastou-se para dentro da
        tragicomédia da multidão.

XXVIII. CETICISMO

Uma pasta de nuvem azul desenrolou-se no céu vermelho
      sobre o porto.

—

Buenos Aires desmanchava-se num borrão de alva. Gerião
      estivera andando por uma hora
pelos negros suarentos paralelepípedos
da cidade à espera do fim da noite. O tráfego passava com
      estrondo por ele. Cobriu a boca
e o nariz com a mão quando cinco velhos ônibus
vieram dobrando a esquina da rua e pararam um atrás do
      outro,
arrotando fuligem. Passageiros afluíram
a bordo como insetos para dentro de caixotes iluminados e
      o experimento saiu rugindo rua afora.
Arrastando o próprio corpo atrás de si
como um colchão ensopado Gerião subiu a ladeira com
      dificuldade. O café Mitwelt estava lotado.
Encontrou uma mesa a um canto
e estava escrevendo um postal para sua mãe:

    Die Angst offenbart das Nichts
    Há muitos alemães em
    Buenos Aires são todos
    vendedoras de cigarro o clima está
    delic—

quando sentiu uma batida aguda em sua bota apoiada na
        cadeira da frente.
Se incomoda se eu me juntar a você?
O barbamarela já tinha se apoderado da cadeira. Gerião
        retirou a bota.
Bem cheio aqui hoje,
disse o barbamarela voltando-se para chamar um garçom
        — *Por favor hombre!*
Gerião voltou a seu postal.
Mandando postais pras namoradas? Em meio à barba
        amarela
havia uma boca rosada pequena como um mamilo. *Não.*
Seu sotaque é americano não é? Você é dos Estados Unidos?
Não.
O garçom chegou com pão e geleia ao que o barbamarela se
        inclinou.
Está aqui pra conferência? Não.
Há uma grande conferência na universidade esse fim de
        semana. Filosofia. Ceticismo.
Antiga ou moderna? Gerião
não resistiu à pergunta. *Ora bem*, disse o barbamarela
        erguendo os olhos,
há pessoas antigas
e há pessoas modernas. Me pagaram uma passagem de
        Irvine. Minha fala é às três.
Qual o assunto? disse Gerião
tentando não encarar o mamilo. *Ausência de emoção.* O
        mamilo contraiu-se.
Ou seja, aquilo que os antigos chamavam
ataraxia. *Ausência de perturbação*, disse Gerião.
        Precisamente. Você sabe grego antigo?
Não mas li os céticos. Quer dizer que
você leciona em Irvine. Isso fica na Califórnia? Sim sul da
        Califórnia — na verdade consegui

uma bolsa de pesquisa no MIT pro ano que vem.
Gerião viu uma pequena língua vermelha lamber geleia do
        mamilo. *Quero estudar o erotismo*
da dúvida. Por quê? perguntou Gerião.
O barbamarela estava afastando sua cadeira — *Como*
        precondição — e saudando
os garçons do outro lado do recinto —
da real busca pela verdade. Desde que se consiga renunciar
        — ficou de pé — *a esse*
traço humano bastante fundamental —
ele ergueu ambos os braços como se sinalizasse para um
        barco no mar — *o desejo de saber.* Sentou-se.
Acho que consigo, disse Gerião.
Perdão? Nada. Um garçom que passava fincou a conta com
        um tapa numa pequena haste
de metal sobre a mesa.
O tráfego estrondeava lá fora. A aurora esmorecera. O céu
        invernal branco-gasoso
desceu como uma mordaça sobre Buenos Aires.
Gostaria de me acompanhar e ouvir minha fala? Podemos
        dividir um táxi.
Posso levar minha câmera?

XXIX. ENCOSTAS

Embora fosse um monstro Gerião sabia ser encantador
      quando estava em meio à gente.

———

Ele fez uma tentativa enquanto disparavam por Buenos
      Aires num pequeno táxi.
Os dois
estavam esmagados no banco traseiro com os joelhos
      premidos contra o peito,
Gerião incomodamente cônscio
da coxa do barbamarela sacudindo contra a dele e da
      respiração vinda do mamilo.
Olhou fixamente adiante.
O motorista estava à janela despejando uma torrente de ira
      nos pedestres que passavam
enquanto o carro atravessava um farol vermelho.
Ele golpeou alegremente o painel e acendeu mais um
      cigarro, fazendo uma curva brusca para a
      esquerda
para fechar um ciclista
(que quicou para a calçada e mergulhou por uma
      transversal)
em seguida guinou diagonalmente na frente
de três ônibus e brecou tremendo atrás de outro táxi.
      BIIIIIIIIIIIIIIIIIIK.

Buzinas argentinas soam como vacas.

Mais impropérios pela janela. O barbamarela soltava
risotas.

Como vai seu espanhol? disse a Gerião.

Não muito bem e o seu?

*Na verdade sou razoavelmente fluente. Passei um ano na
Espanha estudando.*

Ausência de emoção?

*Não, códigos penais. Eu estava pesquisando a sociologia
dos antigos códigos penais.*

A justiça o interessa?

*Estou interessado em como as pessoas decidem o que soa
como lei.*

Então qual é seu código penal favorito?

*Hammurabi. Por quê? Pelo asseio. Por exemplo? Por
exemplo:*

"O homem que for pego

a roubar durante um incêndio deverá ser jogado ao fogo".
Não é bom? — se

houvesse algo

como justiça é assim que deveria soar — curto. Limpo.
Rítmico.

Como um criado.

Perdão? Nada. Tinham chegado à Universidade de Buenos
Aires.

O barbamarela e o motorista de táxi

acusaram-se mutuamente por alguns momentos, depois
uma ninharia foi paga

e o táxi saiu chocalhando.

Que lugar é esse? disse Gerião enquanto subiam os degraus
de um armazém

de concreto branco coberto de pichação do lado de fora.

Do lado de dentro era mais frio que o ar de inverno da rua.
Dava para ver a própria respiração.

Uma fábrica de cigarros abandonada, disse o
      barbamarela.
Por que é tão frio?
Eles não têm dinheiro pra calefação. A universidade está
      falida. O interior cavernoso
estava cheio de cartazes pendurados.
Gerião fotografou o barbamarela sob um que dizia

    NICHT ES SELBST ES
    TALLER AUTOGESTIVO
    JUEVES 18-21 HS

Em seguida encaminharam-se para um *loft* desolado
chamado Sala dos Professores. Nenhuma cadeira. Um
      longo pedaço de papel marrom pregado à
      parede
trazia uma lista de nomes a lápis e a caneta.
Ajude-nos a registrar professores detidos ou desaparecidos,
      leu o barbamarela.
Muy impressivo, disse ele a um jovem
parado ali perto que se limitou a observá-lo. Gerião estava
      tentando fazer com que seu olho
não descansasse em nenhum nome em particular.
Suponha-se que seja o nome de alguém vivo. Num quarto
      ou sofrendo ou esperando morrer.
Certa vez Gerião fora
com sua turma da quarta série ver um par de baleias
      beluga recém-capturadas
das altas corredeiras do rio Churchill.
Depois à noite ele ficaria deitado na cama com os olhos
      abertos pensando
nas baleias boiando
no tanque sem luar onde suas caudas tocavam a parede
      — tão vivas quanto ele

em sua margem
das terríveis encostas do tempo. *De que é feito o tempo?*
      disse Gerião de súbito
virando-se para o barbamarela que
o olhou surpreso. *O tempo não é feito de nada. É uma*
      abstração.
Apenas um significado que
impomos ao movimento. Mas eu compreendo — ele
      abaixou os olhos para o relógio — *o que quer*
      dizer.
Não quero me atrasar
pra minha própria palestra não é? Vamos.
O entardecer começa cedo no inverno, uma aspereza nas
      bordas da luz. Gerião
correu atrás do barbamarela
por corredores de luz fraquejante, passando por estudantes
      conversando aglomerados que apagavam
os cigarros sob os sapatos
e não olhavam para ele, até uma sala de aula de paredes
      de tijolo com um amontoado de pequenas
      carteiras.
Uma vazia no fundo.
Era pequena para o seu grande sobretudo. Não conseguia
      cruzar os joelhos. Presenças se encurvavam
obscuramente nas outras carteiras.
Nuvens de fumaça de cigarro moviam-se sobre eles,
      guimbas jaziam espessas sobre o chão de
      concreto.
Gerião não gostava de salas sem fileiras.
Seu cérebro desandou a correr para a frente e para trás por
      sobre a desordem de carteiras tentando ver
linhas retas. Cada vez que encontrava
um número ímpar emperrava e então recomeçava. Gerião
      tentou prestar atenção.

Un poco misterioso, estava dizendo
o barbamarela. No teto brilhavam dezessete tubos de neon.
        Vejo os apavorantes
espaços do universo me cercando...
o barbamarela citou Pascal e em seguida começou a
        empilhar palavras ao redor do terror
de Pascal até que ele mal pudesse ser visto —
Gerião interrompeu sua escuta e começou a ver as encostas
        do tempo girando para trás e parando.
Ele estava de pé ao lado da mãe
à janela numa tarde de fins de inverno. Era a hora em que a
        neve fica azul
e os postes se acendem e uma lebre pode
deter-se no limite da floresta tão quieta quanto uma palavra
        num livro. Nesta hora ele e sua mãe
faziam companhia um ao outro. Eles não
acendiam as luzes, preferindo ficar quietos e observar a
        noite vir em vagas
em sua direção. Viam-na
chegar, encostar, passar por eles e desaparecer. Sua cinza
        brilhava no escuro.
Nesta altura o barbamarela já havia ido
de Pascal a Leibniz e escrevia uma fórmula a giz na lousa:

$[\text{NEC}] = A\}B$

a qual articulou usando a frase "Se Fabian é branco Tomás
        é tão branco quanto".
Por que Leibniz deveria se preocupar
com a relativa palidez de Fabian e Tomás não parecia claro
        a Gerião
embora ele se esforçasse
para escutar a voz monótona. Ele notou que a palavra
        necesariamente apareceu quatro vezes

depois cinco vezes depois os exemplos
viraram do avesso e agora Fabian e Tomás contestavam a
negritude um do outro.
Se Fabian é negro Tomás é tão negro quanto.
Então isso é que é o ceticismo, pensou Gerião. Branco é
preto. Preto é branco. Talvez em breve
eu aprenda alguma informação nova sobre o vermelho.
Mas os exemplos secaram transformando-se em *la
consecuencia* que ia ficando mais e mais
barulhenta à
medida que o barbamarela galopava para cima e para
baixo
em seu reino de seriedade delimitado por palavras fortes,
sustentando sua crença
na grandeza original do homem —
ou será que a estava negando? Gerião talvez tivesse perdido
algum advérbio de negação — e terminou
com Aristóteles que
havia comparado filósofos céticos a vegetais e a monstros.
Tão vazia e
tão bizarra seria
a vida humana que tentasse viver fora da crença na crença.
Donde, Aristóteles.
A palestra terminou
num murmúrio de *Muchas gracias* da plateia. Depois
alguém fez uma pergunta
e o barbamarela
começou a falar novamente. Todos acenderam mais um
cigarro e pegaram-se a suas carteiras.
Gerião viu a fumaça voltear.
Do lado de fora o sol já havia se posto. A pequena janela
gradeada estava negra. Gerião ficou sentado,
embrulhado
em si mesmo. Esse dia não terminaria nunca?

Seu olho viajou até o relógio na frente da sala de aula e ele
        caiu na piscina
de sua pergunta predileta.

XXX. DISTÂNCIAS

"De que é feito o tempo?" é pergunta que há muito
　　　preocupava Gerião.

　　　　　　—

Onde quer que fosse perguntava às pessoas. Ontem por
　　　exemplo na universidade.
O tempo é uma abstração — apenas um sentido
que impomos ao movimento. Gerião está repassando na
　　　mente essa resposta enquanto se ajoelha
ao lado da banheira em seu quarto de hotel
mexendo fotografias para lá e para cá na solução de
　　　revelação. Ele pega
uma das ampliações e a prende
a um varal pendurado entre a televisão e a porta. É uma
　　　fotografia
de algumas pessoas sentadas em carteiras
dentro de uma sala de aula. As carteiras parecem pequenas
　　　demais para elas — mas Gerião não está
　　　interessado
no conforto humano. Muito mais verdadeiro
é o tempo que se extravia para dentro das fotografias e ali
　　　para. Alto na parede vê-se um relógio
elétrico branco. Ele diz cinco minutos para as seis.
Às seis horas e cinco minutos daquela noite os filósofos
　　　haviam deixado a sala de aula

e se encaminhavam para um bar
naquela rua chamado Guerra Civil. O barbamarela
         galopava orgulhoso à frente deles
como um *gaucho* liderando seu bando infernal
pelos pampas. O *gaucho* é senhor de seu ambiente, pensou
         Gerião
agarrando sua câmera e mantendo-se na retaguarda.
O Bar Guerra Civil era um recinto de estuque branco com
         uma mesa de mosteiro ao centro.
Quando Gerião chegou os outros
estavam já imersos na conversa. Escorregou para uma
         cadeira de frente para um homem
de óculos redondos.
Que vai querer Lazer? disse alguém à esquerda do
         homem.
Ah vejamos se o cappuccino daqui é bom
Vou querer um cappuccino por favor muita canela e — ele
         ergueu os óculos —
um prato de azeitonas.
Relanceou o olhar para o outro lado da mesa. *Seu nome é*
         Lazarus? disse Gerião.
Não meu nome é Lazer. Como raio laser — *mas*
você quer pedir alguma coisa? Gerião relanceou os olhos
         para o garçom. *Café por favor.*
Voltou-se para Lazer. *Nome incomum.*
Não na verdade. O nome vem do meu avô. Eleazar é um
         nome judeu bastante
comum. Mas meus pais
eram ateus, portanto — ele mostrou as palmas das mãos
         — *uma pequena adaptação.* Ele sorriu.
E você é ateu também? disse Gerião.
Sou cético. Você duvida de Deus? Bom pra ser mais claro
         atribuo a Deus
o bom senso de duvidar de mim.

O *que é a mortalidade afinal senão a dúvida divina*
            lampejando sobre nós? Por um instante Deus
suspende o juízo e PUFT! *desaparecemos.*
Me acontece com frequência. Você desaparece? Sim e
            depois volto.
Momentos de morte é como os chamo. Pegue uma
            azeitona,
ele acrescentou enquanto o braço do garçom lampejava
            entre eles com um prato.
Obrigado, disse Gerião
e mordeu uma azeitona. O *pimiento* queimou sua boca
            como um pôr do sol repentino.
Ele tinha muita fome e comeu mais sete,
rápido. Sorrindo um pouco Lazer o assistia. *Você come*
            como minha filha. Com uma certa
digamos lucidez.
Quantos anos tem sua filha? perguntou Gerião. *Quatro*
            — não é exatamente humana. Ou talvez
um pouco pra lá de humana. Foi por
causa dela que comecei a notar momentos de morte.
            Crianças nos fazem enxergar distâncias.
Que quer dizer com "distâncias"?
Lazer se deteve e pegou uma azeitona do prato. Girou-a
            lentamente no palito.
Bem por exemplo esta manhã
eu estava sentado na minha mesa em casa olhando pras
            acácias que crescem lá fora do lado
da varanda belas árvores muito altas
e minha filha estava lá ela gosta de ficar do meu lado e
            fazer desenhos enquanto
eu escrevo no meu diário. Estava
muito claro esta manhã inesperadamente claro como um
            dia de verão e olhei pra cima

e vi a sombra de um pássaro passar lampejando
pelas folhas das acácias como se projetada numa tela e
pareceu-me que eu
estava de pé numa colina. Galguei com dificuldade
o topo daquela colina, aqui estou custou-me algo como
metade da minha vida chegar até aqui e do
outro lado a colina descende.
Atrás de mim em algum lugar se eu me virasse poderia ver
minha filha começando a subir
mão ante mão como um miúdo animal dourado
no sol da manhã. É isto que somos. Criaturas subindo uma
colina.
A diferentes distâncias, disse Gerião.
A distâncias que estão sempre mudando. Não podemos
ajudar uns aos outros nem mesmo gritar —
que diria eu a ela,
"Não suba tão rápido"? O garçom passou por trás de
Lazer. Caminhava inclinado.
O ar negro de fora se atirou
com força contra as janelas. Lazer baixou os olhos até o
relógio. *Tenho que ir*, ele disse
e estava já enrolando seu cachecol amarelo
em volta do pescoço enquanto se levantava. Ah não vá,
pensou Gerião que sentiu que começava a
escorregar para fora da superfície do recinto
como uma azeitona para fora de um prato. Quando o
prato atingisse um ângulo de trinta graus
ele desapareceria no seu próprio vazio.
Mas então seu olhar alcançou o de Lazer. *Gostei da nossa*
conversa, disse Lazer.
Sim, disse Gerião. *Obrigado.*
Tocaram-se as mãos. Lazer inclinou-se de leve e virou-se e
saiu. Uma rajada de noite
entrou empurrando a porta

e todos lá dentro ondearam uma vez como caules num
          campo e depois retomaram a conversa.
Gerião afundou em seu sobretudo
deixando a conversa fluir por cima de si cálida como um
          banho. Sentiu-se naquele momento concreto
e indivisível. Os filósofos
estavam gracejando sobre cigarros e bancos espanhóis e
          Leibniz, depois política.
Um dos homens relatou como
o governador de Porto Rico havia recentemente declarado
          que era uma injustiça excluir
cidadãos do processo democrático
apenas por serem loucos. O equipamento para votação foi
          transportado
até o manicômio municipal. Com efeito
os loucos se mostraram eleitores sérios e criativos. Muitos
          aprimoraram a cédula
escrevendo o nome de candidatos
que acreditavam poder ajudar o país. Eisenhower, Mozart
          e São João da Cruz
foram sugestões populares. Agora
o barbamarela tomou a palavra com uma história da
          Espanha. Franco também havia compreendido
os usos da loucura.
Ele tinha o hábito de trazer de ônibus a seus comícios
          grandes grupos de apoiadores.
Numa ocasião os manicômios locais
foram esvaziados para esse propósito. No dia seguinte os
          jornais noticiavam com alegria:
OS SUBNORMAIS ESTARÃO SEMPRE COM VOCÊ FRANCO!
As maçãs do rosto de Gerião doíam de tanto sorrir. Ele
          esvaziou seu copo d'água e mastigou
as lascas de gelo depois estendeu o braço

para pegar o copo de Lazer. Estava esfomeado. Tente não
pensar em comida. Nenhuma esperança
de jantar até provavelmente umas dez da noite.
Esforçou-se por voltar a prestar atenção à conversa que
vagara até dar em caudas.
Pouca gente sabe,
dizia o barbamarela, *que doze por cento dos bebês do
mundo nascem*
com caudas. Os médicos omitem essas notícias.
*Eles cortam a cauda para não assustar os pais. Me
pergunto a porcentagem*
dos que nascem com asas, disse Gerião
para a gola de seu sobretudo. Em seguida discutiram a
natureza do tédio
terminando com uma longa piada sobre monges
e sopa que Gerião não conseguiu acompanhar muito
embora lhe tivessem explicado duas vezes.
O desfecho da piada continha
uma frase em espanhol que queria dizer *leite ruim* o que fez
com que os filósofos inclinassem
suas cabeças sobre a mesa numa alegria desamparada.
Piadas os deixam felizes, pensou Gerião observando. Em
seguida ocorreu um milagre
na forma de um prato de sanduíches.
Gerião pegou três e enterrou a boca num delicioso bloco de
pão branco
cheio de tomates e manteiga e sal.
Pensou em como aquilo era delicioso, em como gostava de
comidas escorregadiças, em como
a qualidade do escorregadiço pode ser de diferentes tipos.
Sou um filósofo dos sanduíches, ele decidiu. Coisas boas
por dentro.
Ele gostaria de discutir isso com alguém.

E por um momento as mais frágeis folhas da vida o
          contiveram numa felicidade em expansão.
Quando voltou ao quarto de hotel
preparou a câmera no parapeito da janela e ativou o *timer*,
          depois se posicionou
sobre a cama.
É um retrato em preto e branco mostrando um jovem nu
          em posição fetal.
Ele o intitulou "Nada de caudas!".
A fantástica artesania de suas asas acha-se espalhada sobre
          a cama como um mapa em renda negra
da América do Sul.

XXXI. TANGO

Sob as costuras corre a dor.

—

O pânico baixou em Gerião às três da manhã. Ele foi para
        a janela do seu quarto de hotel.
Rua vazia lá embaixo devolveu nada de si.
Carros aninhados em suas sombras ao longo do meio-fio.
        Edifícios reclinavam-se para longe da rua.
Um pequeno estrepitoso vento passou.
Lua sumida. Céu cerrado. A noite mergulhara fundo. Em
        algum lugar (ele pensou) sob
esta faixa de asfalto dormido
o enorme globo sólido gira em sua rota — pistões batendo,
        lava jorrando
de prateleira em prateleira,
tempo e evidência assentando em seus rastros por
        lignificação. Em que altura pode-se dizer de um
        homem
que ele se tornou irreal?
Ele abraçou seu sobretudo com mais força e tentou refazer
        em sua mente o argumento
de Heidegger acerca do emprego dos humores.
Nós nos pensaríamos contínuos com o mundo se não
        tivéssemos humores.

É o estado-de-espírito que nos revela
(afirma Heidegger) que somos seres que foram lançados em
        alguma outra coisa.
Outra em relação a quê?
Gerião inclinou sua testa quente contra a vidraça imunda e
        chorou.
Outra em relação a este quarto de hotel
ele se ouviu dizer e instantes depois arremetia ao longo das
        sarjetas ocas
da avenida Bolívar. O tráfego era pouco intenso.
Passou por quiosques fechados e janelas em branco. Ruas
        ficando cada vez mais estreitas, escuras.
Declivando.
Ele podia ver o porto cintilando negro. Os paralelepípedos
        ficaram ensebados. Cheiro de peixe salgado
e latrinas eram o pelame do ar.
Gerião ergueu a gola e caminhou para o oeste. Rio sujo ia
        martelando ao seu lado.
Três soldados observavam-no de uma marquise.
Vinha um som de gotejamento de trás do ar escuro — uma
        voz. Gerião olhou em torno.
À distância no cais ele podia ver
um quadrado fraco de luz como um café ou uma loja. Mas
        não havia cafés aqui.
Que espécie de loja estaria aberta às quatro da manhã?
Um grandalhão atravessou a passo firme o caminho de
        Gerião e se deteve ajustando a toalha
sobre o braço. *Tango?* ele disse
e recuou com uma grandiosa reverência. Sobre a porta
        Gerião leu *Caminito*
em neon branco enquanto tropeçava
para o interior negro e empapado daquilo que (conforme
        percebeu mais tarde) era o único autêntico
bar de tango que restava em Buenos Aires.

Através do breu ele enxergou paredes bem velhas de
        concreto forradas de garrafas e um círculo
de pequenas e redondas mesas de cozinha vermelhas.
Um gnomo de avental disparava de lá para cá entre as
        mesas entregando a todos o mesmo drinque
comprido alaranjado
num copo como um tubo de ensaio. Um palco baixo à
        frente da sala era iluminado por um refletor.
Três músicos anciões acorcundavam-se ali —
piano, guitarra, acordeão. Nenhum deles parecia ter menos
        de setenta anos de idade,
o acordeonista tão frágil
que a cada vez que balançava os ombros numa esquina da
        melodia Gerião temia
que o acordeão fosse o esmagar por completo.
Gradualmente ficou claro que nada poderia esmagar aquele
        homem. Mal olhando
um para o outro os três tocavam
como uma só pessoa, num estado de pura descoberta.
        Arrancavam e se encaixavam e trancavam
e destrancavam, lançavam
as sobrancelhas para cima e para baixo. Inclinavam-se um
        de encontro ao outro e se desbordavam em
        seguida, erguiam-se
e cortavam-se e perseguiam-se
uns aos outros e subiam voando numa nuvem e afundavam
        de volta em ondas. Gerião não conseguia
tirar os olhos deles
e irritou-se um bocado quando um homem, não, era uma
        mulher, abriu uma cortina
e surgiu no palco.
Ela trajava um *smoking* com uma gravata negra.
        Desenganchou um microfone de algum lugar
        dentro

do refletor e começou a cantar.
Era um tango típico e ela tinha a garganta cheia de agulhas
que é necessária para cantá-lo.
Tangos são terríveis —
Teu coração ou a minha morte! — e todos soam iguais.
Gerião aplaudia sempre
que os outros aplaudiam depois
começou uma nova canção depois todas se fundiram num
borrão que corria
pelo chão sujo
e depois ele estava dormindo, ardendo, desejando,
sonhando, escoando-se, dormindo.
Acordou com a maçã do rosto roçando na parede.
Olhou entorpecido em torno. Músicos sumidos. Mesas
vazias. Nenhuma luz acesa. Moça do tango
debruçada sobre um copo enquanto o gnomo
varre ao redor dos seus pés. Ele estava adormecendo de
novo quando a viu se levantar
e vir em sua direção.
Despertou de solavanco. Endireitou o corpo dentro do
sobretudo e buscou organizar
os braços casualmente à frente de sua pessoa.
Parecia haver braços demais. Na verdade havia três já que
ele tinha,
como de costume, acordado com uma ereção
e hoje ele não estava usando calças (por motivos que ele
não conseguia recordar de imediato) mas não
havia tempo para preocupar-se com isso,
ela estava aproximando uma cadeira da mesa dele. *Buen'
día*, disse ela.
Oi, disse Gerião.
Americano? Não. Inglês? Não. Alemão? Não. Espião? Sim.
Ela sorriu.
Ele a observou sacar

um cigarro e acendê-lo. Ela não falou. Gerião teve um
           pensamento ruim. Suponha-se
que ela esteja esperando que ele
diga alguma coisa sobre a música. Deveria mentir? Fugir?
           Tentar distrai-la?
Seu canto — ele começou e parou.
A mulher ergueu os olhos. *Tango não é pra todo mundo*,
           ela disse. Gerião não escutou.
A fria pressão da parede de concreto
contra suas costas o despenhara numa recordação. Ele
           estava num baile
do ginasial num sábado à noite. Redes de basquete
           projetavam
suas sombras elásticas bem alto nas paredes do ginásio.
           Horas de música haviam
golpeado seus ouvidos enquanto ele permanecia
encostado à parede com as costas pressionadas contra o
           concreto frio. Solavancos vindos do palco
arrojavam tiras iluminadas de membros humanos
pelo escuro. O calor florescia. O negro céu noturno pesava
           sem estrelas nas janelas.
Gerião estava ereto
dentro das planícies de raiom da jaqueta esportiva de seu
           irmão. Suor e desejo escorriam
por seu corpo para empoçar-se
na virilha e detrás dos joelhos. Ele estivera apoiado contra
           a parede
por três horas e meia numa pose casual.
Seus olhos doíam do esforço de tentar ver tudo sem olhar
           nada.
Outros rapazes estavam a seu lado
na parede. As pétalas de seus perfumes subiam à volta deles
           num terror ligeiro.
Enquanto isso a música golpeava

por corações que abriam todas as suas válvulas para o
        desesperado drama de ser
um eu numa canção.
E então? disse seu irmão quando Gerião apareceu na
        cozinha à meia-noite e cinco.
Como foi? Dançou com quem? Fumou maconha?
Gerião pausou. Seu irmão estava colocando camadas de
        maionese, mortadela e mostarda sobre
seis fatias de pão dispostas
na bancada ao lado da pia. Acima deles, a luz da cozinha
        brilhava sulfurosa.
A mortadela parecia roxa.
Os olhos de Gerião estavam ainda quicando de imagens do
        ginásio. *Ah dessa vez decidi*
só meio que ficar olhando sabe.
A voz de Gerião soou alta no cômodo claro demais. Seu
        irmão olhou para ele rapidamente
e depois continuou empilhando sanduíches
numa torre. Ele dividiu a torre de cima a baixo com um
        golpe diagonal da faca de pão
e empilhou todos sobre um prato.
No plástico sobrara uma fatia de mortadela que ele enfiou
        na boca enquanto
pegava o prato
e se encaminhava às escadas que desciam até a sala de tevê.
        A jaqueta te cai bem,
disse impenetravelmente ao passar.
Vai passar um filme do Clint Eastwood na sessão da
        madrugada me traz um cobertor quando vier.
Gerião ficou pensativo por um instante.
Em seguida recolocou as tampas na maionese e na
        mostarda e as pôs de volta
na geladeira. Jogou a embalagem da mortadela

no lixo. Pegou uma esponja e empurrou cuidadosamente as
      migalhas de cima da bancada
para dentro da pia e fez correr a água da torneira
até desaparecerem. Do aço inoxidável da chaleira uma
      pequena pessoa vermelha
numa imensa jaqueta o mirava.
Dancemos? ele lhe disse — CRAAC — Gerião despertou
      abruptamente
para a arenosa luz do dia num bar de tango.
O gnomo estava virando as cadeiras com violência sobre as
      mesas vermelhas. Gerião não conseguia
naquele momento recordar quem ela era
aquela mulher sentada na frente dele batendo o cigarro na
      borda da mesa
e dizendo *Tango não é pra todo mundo.*
Ela olhou em torno do cômodo vazio. O gnomo varria
      guimbas de cigarro
formando uma pilha. A luz do dia originário escoava
fracamente através das frinchas nas pequenas e rígidas
      cortinas vermelhas que pendiam nas janelas.
Ela observava. Ele
estava tentando lembrar um verso de um poema. *Nacht*
      steigt ans Ufer...
O que você disse? ela perguntou.
Nada. Ele estava muito cansado. A mulher fumava em
      silêncio. *Você não se pega*
pensando sobre as baleias beluga?
Gerião perguntou. As sobrancelhas dela eram espantosas,
      como dois insetos ascendentes.
É uma espécie em extinção?
Não quero dizer em cativeiro em tanques só boiando.
Não — por quê?
No que elas pensam? Boiando lá dentro. A noite toda.

Nada.

Isso é impossível.

Por quê?

Você não pode estar vivo e pensar em nada. Você *não pode
mas você não é uma baleia.*

Por que seria diferente?

*Por que seria igual? Mas eu olho pros olhos delas e as vejo
pensando.*

Bobagem. É você mesmo o que você vê — isso é culpa.

*Culpa? Por que eu me sentiria culpado pelas baleias? Não é
culpa minha que elas estejam num tanque.*

*Exatamente. Então por que você se sente culpado — você
está no tanque de quem?* Gerião estava exasperado. *Seu pai
era psicanalista?*

Ela sorriu. *Não eu é que sou a psicanalista.*

Ele olhou fixamente. Ela falava a sério. *Não faça cara de
chocado*, disse ela. *Paga o aluguel
e não é imoral —
bom não de todo imoral. Mas e o seu canto? Hah!* Ela
bateu as cinzas
no chão. *Ganhar a vida cantando tango?*

Quantas pessoas você viu aqui hoje? Gerião pensou. *Cinco
ou seis*, disse ele.

*Certo. São os mesmos cinco ou seis
que estão aqui todas as noites. Chega a nove ou dez nos
fins de semana — talvez, se não estiver
passando futebol na tevê. Às vezes vem
uma delegação de políticos do Chile ou turistas norte-
americanos. Mas é fato.*

O tango é um fóssil.

A psicanálise também, disse Gerião.

Ela o estudou por alguns instantes e depois disse
lentamente — *mas o gnomo um empurrão*
no piano contra a parede

e Gerião quase não ouviu — *A quem um monstro pode*
     culpar por ser vermelho?
O quê? disse Gerião inclinando-se para a frente.
Eu disse que parece que chegou a hora de você ir pra casa
     dormir, ela repetiu, e se levantou,
colocando os cigarros no bolso.
Volte mais vezes, ela disse enquanto o imenso sobretudo de
     Gerião saiu varrendo porta afora mas ele
não virou a cabeça.

XXXII. BEIJO

Um vulcão saudável é um estudo sobre os empregos da
      pressão.

———

Gerião sentou-se em sua cama no quarto de hotel
      ponderando as frinchas e fissuras
de sua vida interior. Pode acontecer
que a saída da chaminé vulcânica esteja bloqueada por um
      tampão rochoso que empurra
a matéria derretida para as bordas ao longo
de fissuras laterais denominadas lábios de fogo pelos
      vulcanólogos. No entanto Gerião não queria
se tornar uma dessas pessoas
que não pensam em nada além do seu quinhão de dor. Ele
      se inclinou sobre o livro que tinha nos joelhos,
Problemas filosóficos.
"... Nunca saberei como você vê o vermelho e você nunca
      saberá como eu o vejo.
Mas essa separação da consciência
é reconhecida apenas após uma falha de comunicação,
      e nosso primeiro movimento é
acreditar numa entidade indivisa entre nós..."
À medida que lia Gerião podia sentir algo como toneladas
      de magma negro fervendo
nas mais profundas regiões de si.

Ele voltou os olhos para o começo da página e recomeçou.
"Negar a existência do vermelho
é como negar a existência do mistério. A alma que assim o
 fizer um dia enlouquecerá."
Um sino de igreja soou pela página
e o horário de seis da noite fluiu pelo hotel como uma
 onda. Lâmpadas se acenderam
e colchas brancas saltaram adiante,
a água corria nas paredes, o elevador estrondeava como um
 mastodonte dentro de sua jaula oca.
Não sou eu o louco aqui,
disse Gerião fechando o livro. Ele colocou o casaco,
 cintou-o formalmente e saiu.
Lá fora na rua era sábado à noite
em Buenos Aires. Cardumes de jovens brilhantes
 dividiam-se e fechavam-se em torno dele.
Pilhas de romance expeliam seu claro vapor
sobre a calçada de trás dos vidros laminados. Ele parou
 para encarar a janela de um
restaurante chinês onde
quarenta e quatro latas de lichia estavam empilhadas numa
 torre do seu tamanho. Ele tropeçou
numa mendiga
no meio-fio com duas crianças agrupadas em suas saias. Ele
parou numa banca de jornal
e leu cada manchete. Depois deu a volta para o lado das
 revistas.
Arquitetura, geologia, surfe,
halterofilismo, tricô, política, sexo. *Trepando por Trás*
 chamou-lhe a atenção
(uma revista inteira dedicada a isso?
número após número? ano após ano?) mas ficou
 constrangido demais para comprar.
Seguiu caminho. Entrou numa livraria.

Deu uma olhada na seção de filosofia e encontrou a de
    LIVROS EM INGLÊS TODOS OS TIPOS.
Sob uma torre de Agatha Christie
havia um Elmore Leonard (*Killshot*, ele já lera) e a *Poesia*
    completa de Walt Whitman
em edição bilíngue.

> *It is not upon you alone the dark patches fall,*
> *The dark threw its patches down upon me also,*
> *The best I had done seemed to me blank and*
>   *suspicious,*
> *Nor is it you alone who know what it is to be evil...*[2]

... *tu solo quien sabe lo que es ser perverso*. Gerião pôs de
    lado o perverso Walt Whitman
e abriu um livro de autoajuda
cujo título (*Esquecimento o preço da sanidade?*) mexeu
    com seu sempre esperançoso coração.
"A depressão é um dos modos desconhecidos do ser.
Não há palavras para um mundo sem um eu, visto com
    clareza impessoal.
Tudo o que a linguagem pode registrar é o lento retorno
ao esquecimento a que chamamos saúde quando a
    imaginação automaticamente recolore a paisagem
e o hábito borra a percepção e a linguagem
assume seus floreios rotineiros." Estava prestes a virar a
    página para ser mais ajudado

---

[2] Versos de "Crossing Brooklyn Ferry", em tradução de Guilherme Gontijo Flores (*Folhas de capim*, São Paulo, Editora 34, no prelo): "Não é só em você que caem estratos escuros,/ O escuro joga estratos também em mim,/ O melhor que fiz me parecia pálido e suspeito,/ Minhas supostas grandes ideias não eram na verdade pífias?/ Nem é só você que sabe o que é ser mau...". (N. do T.)

quando um som o apanhou.
Como um beijo. Olhou em torno. Um operário estava a
          meio de uma escada do lado de fora
da vitrine da loja.
Um pássaro de cor escura investia contra ele e a cada vez
          que o pássaro se aproximava
o homem fazia um som de beijo com a boca —
o pássaro cambalhotava para cima e depois mergulhava
          novamente com uma pequena bravata e um grito.
Beijar os deixa felizes, pensou Gerião
e uma sensação de esterilidade o atravessou. Ele virou para
          ir embora e trombou com força
no ombro de um homem
de pé a seu lado — *Oh!* O negro e mocho gosto de couro
          preencheu seu nariz e lábios.
Perdão —
o coração de Gerião parou. O homem era Héracles. Depois
          de todos esses anos — ele escolhe
um dia em que estou com o rosto inchado!

XXXIII. "FAST-FORWARD"

Essa foi chocante, concordaram enquanto tomavam café
no Mitwelt mais tarde aquele dia.

———

Gerião não conseguia decidir o que era mais estranho —
estar sentado à mesa diante de um Héracles adulto ou ouvir
a si mesmo usando
palavras como "chocante".
E que dizer deste jovem de sobrancelhas negras sentado à
esquerda de Héracles.
Eles têm uma linguagem sim, Ancash estava dizendo.
Héracles havia explicado que ele e Ancash estavam
viajando pela América do Sul
juntos gravando vulcões.
É pra um filme, acrescentou Héracles. *Um filme de
natureza? Não exatamente. Um documentário
sobre Emily Dickinson.*
Claro, disse Gerião. Ele estava tentando encaixar esse
Héracles naquele que conhecera.
"Em meu vulcão cresce a relva",
prosseguiu Héracles, *é um poema dela. Sim eu sei*, disse
Gerião, *gosto desse poema,
gosto de como ela*

132

se recusa a rimar sod *com* God.[3] Enquanto isso Ancash
        estava tirando um gravador
do bolso.
Colocou nele uma fita e ofereceu os fones a Gerião. *Escute*,
        disse ele.
É o monte Pinatubo nas Filipinas.
Estivemos lá no inverno passado. Gerião colocou os fones
        de ouvido. Ouviu um animal rouco
esguichando dor desde o fundo da garganta.
Em seguida sons de baque irregulares como pneus de trator
        rolando ladeira abaixo.
Héracles observava.
Ouve a chuva? ele disse. *Chuva?* Gerião ajustou os fones
        de ouvido. O som
era quente como uma cor lá dentro.
Era temporada de monções, disse Héracles, *cinzas*
        vulcânicas e fogo se misturavam em pleno ar
com a chuva. Vimos aldeões
correndo montanha abaixo e um muro negro de lama
        quente atrás deles de vinte metros de altura,
é isso que se ouve na fita.
Ele meio que farfalha enquanto se move porque está cheio
        de pedaços ferventes de rocha sólida.
Gerião ouviu as rochas fervendo.
Ouviu também sons quebrados como copos trincando que
        ele percebeu serem
gritos humanos e depois tiros.
Tiros? ele perguntou. *Tiveram que enviar o exército*, disse
        Héracles. *Mesmo com*

---

[3] A palavra "*sod*", do poema de Emily Dickinson, significa "relva-
do". Aqui, pode-se entrever também o seu uso como abreviação de "*so-
domite*" (sodomita). (N. do T.)

lava descendo a montanha
a noventa quilômetros por hora algumas pessoas não
        quiseram abandonar suas casas — Ah aqui
ouça, interrompeu Ancash.
Ele estava avançando a fita depois a reiniciou. *Escute.*
        Gerião escutou.
Ouviu novamente o rugido de animal adulto.
Mas então vieram pancadas sólidas como melões
        espatifando-se no chão. Ele olhou para Ancash.
Lá no alto o ar fica tão quente que incinera
as asas dos pássaros — eles simplesmente caem. Ancash
        parou. Ele e Gerião estavam olhando
diretamente nos olhos um do outro.
À palavra *asas* algo como uma vibração passou entre eles.
Ancash estava avançando a fita novamente.
Mais ou menos aqui — eu acho, sim — é a parte do Japão.
        Escute é um tsunami —
cem quilômetros de crista à crista
quando atingiu a praia. Vimos barcos de pesca serem
        carregados continente adentro até o vilarejo
        seguinte.
Gerião ouviu a água destruindo
uma praia no Japão. Ancash estava falando de placas
        continentais. *É pior nos limites*
das fossas oceânicas, onde uma
placa continental afunda sob a outra. Os tremores
        secundários podem durar anos.
Eu sei, disse Gerião. O olhar de Héracles
sobre ele era como uma língua de ouro. Magma subindo.
        Perdão? disse Ancash.
Mas Gerião estava removendo os fones
e em vias de cintar o casaco. *Tenho que ir.* O esforço que
        lhe custou arrancar-se
do olhar de Héracles

poderia ter sido medido na escala criada por Richter. *Ligue
        pra gente*
estamos no Hotel City, disse Héracles.
A escala Richter não tem limiar nem mínimo nem máximo.
Tudo depende da
sensibilidade do sismógrafo. *Certo beleza*, disse Gerião,
        e se atirou
porta afora.

XXXIV. HARRODS

Gerião estava sentado em seu quarto de hotel no extremo
     da cama encarando a tela vazia da tevê.

—

Eram sete da manhã. Agitação total o possuíra. Segurou-se
     e não ligou para Héracles
por dois dias. Mesmo agora ele não estava
nem olhando para o telefone (que ele colocara nos fundos
     de sua gaveta de meias).
Ele não estava
pensando naqueles dois em seu quarto de hotel do outro
     lado da Plaza de Mayo.
Ele não estava
recordando como Héracles gostava de fazer amor cedo de
     manhã como um urso sonolento
que tira a tampa de um pote de mel — Gerião
levantou-se de súbito e entrou no banheiro. Tirou o
     sobretudo e ligou
o chuveiro. Ficou sob a água fria
por um minuto e meio enquanto um fragmento de Emily
     Dickinson caçava o próprio rabo em sua mente.

> *I never have*
> *taken a*
> *peach in my*

Hand so late
in the Year...[4]

Por que um pêssego? Ele estava se perguntando quando das
profundezas de sua caverna de meias o telefone
tocou. Gerião mergulhou atrás dele.
Gerião? É você? Com fome? disse a voz de Héracles. Então
uma hora depois ele se viu
sentado a uma mesa de frente para Ancash
em meio ao carnaval matinal do Café Mitwelt. Héracles
tinha ido comprar jornal.
Ancash sentava-se muito empertigado,
um homem tão belo quanto uma pena viva. *Seu nome —*
o que ele significa, é espanhol?
Não, é uma palavra quéchua. Quéchua?
O quéchua é falado nos Andes. É uma das mais antigas
línguas indígenas do Peru.
Você é do Peru?
De Huaraz. Onde fica isso? Huaraz fica nas montanhas ao
norte de Lima.
Você nasceu lá?
Não, Huaraz é a cidade da minha mãe. Eu nasci em Lima.
Meu pai era um padre
que queria se tornar bispo por isso
minha mãe me levou de volta pras montanhas. Ancash
sorriu. *Como diria Héracles,*
Assim é a vida nos trópicos.
Héracles apareceu, bagunçando o cabelo de Gerião ao
passar. *Quem eu?*

[4] Em tradução nossa: "Nunca tive/ um pêssego/ às Mãos/ tão tarde/
no Ano....". (N. do T.)

disse ele ao sentar.

Mas Gerião estava olhando para Ancash. *Ela ainda está lá
em Huaraz a sua mãe?*

*Não. Os terroristas estavam explodindo carros
e emissoras de tevê naquela parte das montanhas no
inverno passado. Ela ficou possessa.*

A morte é estúpida, *ela disse e voltou pra Lima.*

*Ela gosta de Lima? Ninguém gosta de Lima. Mas como ela
vive? Ela está só?*

*Na verdade não. Ela cozinha pra
uns ricaços cinco dias por semana — um antropólogo
gringo dos Estados Unidos
e a esposa dele.*

*O cara está pagando pra ela lhe ensinar quéchua. Ele deixa
ela viver na laje de sua casa.*

Na laje? Em Lima eles usam tudo.

Quéchua? Eu sei um pouco de quéchua, Héracles
contribuiu com brilho. Ancash lançou-lhe um
olhar rude.

Héracles continuou,

*É uma canção mas eu não sei a música só a letra talvez eu
possa inventar a música.*

Ele começou a cantar. Sua voz se ergueu
e caiu em torno das estranhas sílabas como se fosse a de
uma criança. Gerião observou incomodado.
A voz emanava como uma fragrância
solta na chuva.

> *Cupi checa cupi checa*
> *varmi in yana yacu*
> *cupi checa cupi checa*
> *apacheta runa sapan*
> *cupi checa*
> *in ancash puru*

cupi chec
in sillutambo
cupi checa
cupi checa.

Quando terminou Héracles sorriu para Gerião e disse
　　　A canção "cupi checa".
Ancash que me ensinou.
Quer saber o que as palavras querem dizer? Gerião
　　　limitou-se a assentir com a cabeça. *Cupi checa,*
começou Héracles,
quer dizer, direita esquerda direita esquerda — a cadeira de
　　　Ancash que estava inclinada para trás
sobre apenas dois pés tombou para frente com estrondo.
Vamos deixar as aulas de quéchua pra outra hora, eu quero
　　　ir ao correio antes do meio-dia.
Logo estavam na rua
caminhando rapidamente ao longo da avenida Bolívar com
　　　um vento duro tangendo seus corpos,
Héracles saltava adiante como um cão
farejando tudo e apontando para objetos nas lojas. Ancash
　　　e Gerião
vinham atrás.
Não está com frio? disse Gerião a Ancash que não tinha
　　　casaco. *Não,* disse Ancash.
Então olhou de soslaio para Gerião.
Bom na verdade sim. Ele sorriu. Gerião teria gostado de
　　　envolver com seu casaco
este homem-pluma. Continuaram caminhando
vergados contra o vento. Um sol de inverno havia jogado
　　　sua triste mercadoria no céu
e a gente que passava
parecia atordoada. Duas mulheres com casacos de pele
　　　vieram até eles meneando em seus saltos

como grandes raposas douradas. Não —
são homens, Gerião atestou quando passaram. Ancash
      estava encarando também. As raposas
desapareceram dentro da multidão.
Ancash e Gerião continuaram caminhando. Agora uma
      fome caminhava com eles. *Aquela canção*
que Héracles cantou, disse Gerião,
ouvi seu nome no meio dela — in ancash puru — *não é*
      isso?
Você tem bom ouvido, disse Ancash.
O que isso significa? disse Gerião. Ancash hesitou. *Difícil*
      traduzir. Ancash
é algo como —
Mas Héracles turbilhonou na direção deles agitando os
      braços. *Aqui!* ele berrou apontando
para uma imensa loja de departamento
com toldos em vermelho profundo. *Harrods of London*
      diziam as letras de bronze sobre a porta.
Héracles tinha
desaparecido pela porta giratória. Gerião e Ancash o
      seguiram. Depois pararam.
Dentro da Harrods a vida estava pausada.
Num modorrento crepúsculo cinza vendedoras flutuavam
      como sobreviventes de um naufrágio. Não havia
clientes. Os corredores cheiravam a chá.
No fundo dos mostruários uns poucos objetos gélidos
      jaziam encalhados em cetim empoeirado.
Torrões de ar inglês emanavam
de latas de biscoito e moviam-se sem rumo pelo recinto
      causando repentinos pontos desbotados.
Um mostruário bastante iluminado continha
relógios de parede e de pulso todos batendo furiosamente,
      todos marcando seis e quinze.
Gerião viu uma cabeça

subindo pela escada rolante. *Vamos*, ele disse a Ancash. *Ele*
     sempre sabe onde encontrar
os banheiros. Ancash assentiu com a cabeça.
No topo da escada rolante contornaram uma pirâmide de
     gelatina de língua
e botas de borracha e lá estava Héracles
do outro lado da loja acenando selvagemente. *Quero*
     mostrar uma coisa! Aqui!
Por dias eles discutiram sobre
o que tinham visto contra a parede dos fundos do segundo
     andar da Harrods.
Exceto pelas botas e pela língua
o segundo piso é praticamente deserto. Mas planando na
     sombra essa presença:
um carrossel de circo com seis animais
de madeira em tamanho real atrelados a postes dourados
     e prateados sobre uma estropiada roleta de
     feltro.
O leão e o pônei branco estão ainda
eretos e avançam espumando. A zebra, o elefante, o tigre
     e o urso negro jazem
tombados dos arreios, mirando o céu.
É um berçário, disse Héracles. *É a etimologia de Argentina*,
     disse Ancash.
Gerião estava de joelhos ao lado da zebra.
Quer tentar roubar o tigre? Parece que está solto, disse
     Héracles.
Ninguém respondeu.
Ancash estava observando Gerião. Ele também se ajoelhou.
     Gerião estava memorizando
a zebra para poder
fazer uma fotografia depois. "Câmera rápida." Ele
     encostou a ponta dos dedos na seda
dos cílios cada um engastado

individualmente em seu encaixe de madeira na pálpebra
pintada sobre um olho em chamas.
Feito na Alemanha aposto, disse Ancash,
vejam a artesania.
Gerião virou para Ancash como se tentasse lembrar quem
ele era. *Posso fotografá-lo mais tarde?*
disse Gerião.
Naquele exato momento um diminuto Héracles surgiu
refratado no vidro do globo ocular que fitava.
De cima deles Héracles disse,
Ancash quero levar o tigre pra sua mãe. Especialmente se
estivermos lá
no aniversário dela —
é o presente perfeito! Como se diz tigre *em quéchua? Você*
me disse uma vez mas eu esqueci.
Tezca, disse Ancash colocando-se de pé.
Tezca isso mesmo Tezca o deus tigre. Mas ele tem outro
nome não tem?
Muitos nomes —
Héracles o que você está fazendo? Héracles estava içando o
tigre do chão.
Com um canivete ele começou a cortar
os grossos arreios de couro que ainda atavam o tigre a seus
hábitos circenses.
Certo Héracles suponhamos que a gente
consiga tirar isso da Harrods — Ancash falou sensatamente
— como faremos no aeroporto?
Não te parece talvez
que a Aeroperu possa talvez se recusar a embarcar um
animal de circo de madeira em tamanho natural?
Não seja desrespeitoso, arfou Héracles,
ele não é um animal de circo de madeira ele é Tezca o deus
tigre. Ele pode ser despachado como bagagem.
Bagagem?

Vamos embalá-lo numa mochila pra armas muitas pessoas
  levam armas pro Peru.
Ancash sentou na borda do carrossel
descansando os braços sobre os joelhos. Ancash observava
  Héracles.
Gerião observava Ancash.
Ele estava numa fúria interna — Quer dizer eles estão indo
  para o Peru e vão me deixar aqui sem
nem mesmo olhar para trás — quando um tinido surdo
abateu-se sobre um som trêmulo. A Harrods ficou no
  escuro. Gerião ouviu
uma voz baixa dizer, *Ele sempre sabe onde encontrar a*
  caixa de fusíveis.
Alarmes dispararam pela loja inteira e Héracles subiu
  correndo e em seguida os três
estavam içando o tigre sobre os ombros dele
e se encaminhando para a escada rolante. *Vamos hombres!*
  berrou Héracles. E assim
eles foram ao Peru.

XXXV. GLADYS

Ele não apenas estava com muita fome como também o
     que era muito mais humilhante —

—

12.000 metros sobre as montanhas que separam a
     Argentina do Chile
com suas longas goivas brancas riscando
o rubro arenito como uma torta de merengue — Gerião
     sentiu que começava a excitar-se.
Ele estava sentado entre Héracles e Ancash.
Fazia frio no avião e havia uma manta da Aeroperu jogada
     sobre
os três. Gerião estava tentando ler.
Não tinha percebido até estar encalhado nele bem acima
     dos Andes
a meio caminho de Lima que o romance que havia
     comprado
no aeroporto de Buenos Aires era pornográfico.
     Enfurecia-se consigo mesmo
por ficar mexido com frases opacas como
Gladys deslizou uma mão sob a camisola e começou a
     acariciar as próprias coxas. Gladys!
Ele desprezava o nome. Mas as coxas dele
sob a manta da Aeroperu estavam bastante quentes. Ele
     desligou a luz

e meteu o livro no bolsão
da poltrona à frente bem fundo até sumir. Reclinou-se no
        escuro. À sua esquerda Héracles
se mexia no sono. Ancash estava imóvel
à direita. Gerião tentou cruzar os joelhos mas não
        conseguiu então virou de lado,
o esquerdo. Fingiria estar dormindo
para poder se apoiar no ombro de Héracles. O cheiro da
        jaqueta de couro perto
de seu rosto e a dura pressão do braço
de Héracles sob o couro dispararam por Gerião uma onda
        de desejo forte como uma cor.
Arrebentou no fundo de sua barriga.
Então a manta se moveu. Ele sentiu a mão de Héracles
        mover-se sobre sua coxa e a cabeça
de Gerião caiu para trás como uma papoula na brisa
quando a boca de Héracles desceu sobre a dele e o breu
        desceu por ele. A mão
de Héracles estava sobre o seu zíper. Gerião entregou-se
ao prazer enquanto a aeronave se deslocava a 978
        quilômetros por hora através de nuvens
registrando 57 graus negativos.
Duas mulheres com escovas de dente tropeçaram corredor
        afora no escuro avermelhado da aurora.
São todos passageiros muito distintos,
pensou Gerião sonhador enquanto ele e o avião
        principiavam a descida até Lima. Enchia-lhe
de ternura ver que muitas das pessoas
tinham pequenas marcas vermelhas nas bochechas no local
        onde haviam dormido com os rostos
pressionados contra a poltrona. Gladys!

XXXVI. LAJE

Uma branca e encardida manhã de sábado em Lima.

—

O céu pesado e escuro como antes da chuva mas não chove
      em Lima desde 1940.
Na laje da casa Gerião ficou
procurando o mar. Chaminés e varais de roupa suja
      cercavam-no por todos os lados.
Tudo curiosamente quieto.
Na laje vizinha um homem num quimono de seda negra
      emergiu no topo de uma escada.
Prendendo o quimono em torno de si
ele saiu para a laje e ficou imóvel frente a uma grande caixa
      d'água enferrujada.
Encarou fixamente a caixa e depois ergueu
o tijolo que segurava a tampa e espiou lá dentro.
      Recolocou o tijolo. Desceu
a escada de volta. Gerião virou
e viu Ancash subindo rumo à laje. *Buenos días*, disse
      Ancash. *Oi*, disse Gerião.
Seus olhos não se cruzaram.
Dormiu bem? perguntou Ancash. *Sim obrigado*. Todos os
      três haviam dormido na laje
em sacos de dormir emprestados
do americano lá de baixo. A mãe de Ancash dividira a laje
      em áreas

de estar, de dormir e de horticultura.
Junto da caixa d'água ficava o local onde dormiam os
          hóspedes. Ao lado era o "quarto de Ancash",
uma área delimitada de um lado pelo varal de roupas,
onde Ancash havia disposto com capricho suas camisetas
          em cabides, e do outro lado
por um roupeiro escoriado com incrustações em
          madrepérola.
Junto do roupeiro ficava a biblioteca. Aqui havia dois sofás
          e uma estante abarrotada
de livros. Na escrivaninha havia
pilhas de papel com latas de tabaco em cima e uma
          luminária pescoço de ganso
ligada numa extensão rachada
que corria pela escrivaninha e ao longo da laje descendo
          pela escada até a cozinha.
Ancash fizera um telhado de folhas de palmeira
para a biblioteca. Elas mexiam e estalavam ao vento como
          línguas de madeira.
Perto da biblioteca havia uma estrutura rebaixada
feita de plástico claro e pesado e pedaços de cabines
          telefônicas desmanteladas.
Aqui a mãe de Ancash cultivava uma pequena plantação
          comercial
de maconha e ervas de cozinha. Ela a chamava *Festinito*
          ("Pequeno Banquete")
e dizia que era seu lugar predileto
no mundo. Figuras de gesso de São Francisco de Assis e
          Santa Rosa de Lima tinham sido colocadas
encorajadoramente entre as plantas.
Ela própria dormia junto ao Pequeno Banquete numa
          cama de armar com altas pilhas de cobertores
          claros.
Não passou frio? Ancash continuou.

Oh não foi tudo bem, disse Gerião. A verdade é que jamais
passara tanto frio quanto na noite anterior
sob as opacas estrelas vermelhas do inverno de Lima.
Ancash foi até a borda da laje e ficou ao lado de Gerião
olhando
as ruas e o mar lá embaixo.
Gerião também olhava. Chegavam-lhes sons através do ar
branco. Ouviu-se o lento
golpear de um martelo. Uma música incerta
como um cano d'água começando e parando. Muitas
camadas de trânsito. Uma crepitação de lixo
sendo queimado. Secos uivos de cães. Sons
adentravam Gerião a princípio pequenos mas gradualmente
preenchendo sua mente. As ruas abaixo
não estavam afinal desertas. Dois homens estavam
agachados
ao lado de uma parede incompleta retirando tijolos de um
pequeno forno de pedra com uma pá.
Um menino varria os degraus da igreja
com uma folha de palmeira do seu tamanho. Um homem e
uma mulher comiam de pé o desjejum
em recipientes de plástico e olhavam
em direções opostas para cima e para baixo da rua. Tinham
uma garrafa térmica e duas xícaras
empoleiradas sobre o capô de seu carro.
Cinco policiais passaram a passo despreocupado com
carabinas. Na praia um time de futebol estava
treinando e além deles
arrebentava o imundo Pacífico. *É diferente da Argentina*,
disse Gerião.
Como assim?
Aqui ninguém está com pressa. Ancash sorriu mas não
disse nada. *Eles se movem tão suavemente,*

Gerião acrescentou. Ele estava observando o time de
        futebol
cujos movimentos tinham o arredondado langor de um
        sonho. Cheiros de queimado flutuavam
pelo ar. Cães iam focinhando sem urgência
o lixo e as calêndulas que ladeavam o quebra-mar. *Tem*
        razão os argentinos
são muito mais rápidos. Sempre a caminho de algum lugar.
Gerião podia ver muitos pequenos peruanos perambulando
        ao longo do quebra-mar. Com frequência
detinham-se e olhavam para nada em particular.
Todos parecem estar à espera, disse Gerião. *À espera de*
        quê? disse Ancash.
Sim à espera de quê, disse Gerião.
Houve um silvo alto e súbito. O fio elétrico que se estendia
        por toda a laje
a seus pés explodiu em centelhas luminosas.
Droga, disse Ancash. *Queria que ela refizesse a fiação.*
        Sempre que alguém liga a chaleira
na tomada da cozinha temos uma pane.
A cabeça de Héracles surgiu à escada. *Hombres!* Subiu
        desajeitado até a laje.
Um grande pedaço de mamão na mão com que acenou
        para Gerião.
Você devia experimentar isso aqui Gerião! É como comer o
        sol! Héracles afundou a boca
na fruta e sorriu-lhes.
O sumo correu por seu rosto até o peito nu. Gerião
        observou uma gota de sol
escorrer pelo mamilo de Héracles e pela barriga
e desaparecer para dentro das calças jeans. Desviou os
        olhos. *Viram os papagaios?*
interrogou Héracles.

Papagaios? disse Gerião. *Sim ela tem um quarto cheio de*
    papagaios na frente da casa.
Deve ter uns cinquenta pássaros lá dentro.
Roxo verde laranja azul amarelo é como uma explosão e
    tem um
filho da puta imenso que é totalmente dourado. Ela
diz que vai ter que se livrar dele. Por quê? perguntou
    Gerião. *Mata tudo que é menor*
do que ele. Semana passada matou o gato.
Isso é especulação, interrompeu Ancash. *Ninguém o viu*
    matar o gato. Gato de quem?
perguntou Gerião um tanto perdido.
Da Marguerite, disse Ancash. *Marguerite é a esposa do*
    americano lá de baixo
você se lembra ela nos emprestou os sacos de dormir
ontem à noite. Ah, disse Gerião, *a mulher com as mãos*
    frias. Mal recordava
as apresentações na nevoenta cozinha às quatro da manhã.
O lance é, quem mais teria matado o gato? persistiu
    Héracles. *Guerrilheiros talvez,*
disse Ancash. *No inverno passado mataram*
todos os gatos em Huaraz num fim de semana. Por quê?
    disse Gerião. *Um gesto*, disse Ancash.
Gesto de quê? disse Gerião.
Bom foi depois de um pronunciamento na tevê em que o
    presidente falou em sua sala de estar.
Ele estava sentado numa poltrona com um gato
no colo explicando que a polícia tinha os terroristas
    inteiramente sob controle.
No dia seguinte nenhum gato.
Que bom que ele não estava com a esposa no colo, disse
    Héracles lambendo o queixo.
O fio elétrico estava faiscando novamente.

Uma nuvenzinha negra se levantou dele. *Quer que eu
      conserte isso?* disse Héracles limpando
as mãos nos jeans.
Ok, disse Ancash, *minha mãe ia gostar. Você tem fita
      adesiva?* disse Héracles.
Não sei vamos procurar na cozinha.
Desapareceram escada abaixo. Gerião fechou os olhos por
      um instante, apertando
o sobretudo à sua volta.
O vento mudara, soprando agora do mar e trazendo um
      cheiro cru.
Gerião tinha frio. Fome. Sentia
o corpo como uma caixa trancada. Lima é terrível, ele
      pensou, por que estou aqui? Acima,
o céu também à espera.

XXXVII. TESTEMUNHAS OCULARES

O sábado seguia brancamente.

——

Gerião caminhou ao longo do quebra-mar. Passou por
        grupos de pessoas à espera
e por indivíduos à espera.
Não havia nem agitação nem a ausência de agitação. Cães
        à espera.
Policiais à espera descansando suas armas
contra um carro estacionado. O time de futebol havia se
        retirado da praia para esperar
numa varanda em frente ao quebra-mar.
Enquanto esperava a maioria das pessoas olhava fixamente
        para o mar ou o fim da rua. Uns poucos
chutavam pedras. Gerião começou
a fazer o caminho de volta. A uma quadra de distância já
        ouvia os papagaios. Não havia ninguém em casa.
Ele subiu para a laje e sentou
em seu catre tentando pensar em como fotografar Lima.
        Mas seu cérebro estava em branco
como o céu sem feições.
Saiu para caminhar novamente. Ao longo do quebra-mar.
        Passando por muitas pequenas casas fechadas.
Por becos onde a ardida névoa do mar

152

pendia em coágulos sobre os paralelepípedos. Por um
        parque esfarrapado onde duas lhamas
estavam amarradas ao lado de uma gigantesca cabeça de
        bronze,
boca aberta em formato de O como quando se morre
        rindo. Gerião sentou-se na boca
balançando os pés e comendo uma banana
enquanto as lhamas mordiscavam a grama esparsa. Estados
        mentais como a ansiedade ou o luto
têm graus, ele pensou, mas o tédio
não tem graus. *Jamais serei grande coisa*, comentou com as
        lhamas.
Elas não ergueram os olhos.
Gerião jogou a banana comida pela metade no chão perto
        delas. Elas a afastaram
com os focinhos e continuaram arrancando a grama.
Gerião viu que a noite se aproximava. Ele saltou da boca e
        seguiu caminho.
De volta ao longo do quebra-mar na direção da casa
com a janela da frente coberta com tela de galinheiro onde
        cinquenta papagaios vermelhos mergulhavam e
        rugiam
como uma cascata consciente. Esse seria
um bom título para a fotografia, pensou Gerião enquanto
        caminhava. A noite
sempre o animava.
Muitas horas depois Gerião estava sentado em seu catre na
        laje pensando no sono mas
com frio demais para mover-se. Ancash apareceu
na escada com suas mantas nos braços. Empilhou-as no
        chão ao lado de Gerião.
Vou te mostrar como se manter aquecido
numa noite de inverno em Lima, disse Ancash. *É muito*
        simples o importante é

você precisa ir mijar?
Porque quando eu te embrulhar você vai ter que ficar desse
jeito até de manhã.
Não, *estou bem mas —*
Ótimo então venha cá e tire o sobretudo.
Tirar o quê? — disse Héracles saltando
da escada. *Vocês*
estão fazendo farra aí em cima sem mim?
Ancash estava desdobrando uma manta.
Estou mostrando a Gerião um modo de manter-se aquecido
de noite, ele disse. Héracles aproximou-se
deles sorrindo.
Eu poderia mostrar pra ele alguns modos de manter-se
aquecido de noite. Gerião ficou imóvel como uma
lebre
à luz de faróis.
Ancash deu um passo. *Por que você não deixa as coisas*
como estão, ele disse a Héracles.
Houve um momento de espesso silêncio.
Em seguida Héracles deu de ombros e voltou as costas.
Certo, ele disse. *Vou lá embaixo fumar um*
com a sua mãe.
Minha mãe não fuma ela só vende, disse Ancash para as
costas de Héracles.
E ela vai fazer você pagar.
Veremos, disse Héracles e sumiu escada abaixo. Ancash
olhou para Gerião.
Sujeito difícil, ele disse.
Segurou uma manta estendida. Gerião olhava entorpecido.
Certo agora tire o casaco
depois segure essa ponta aqui enquanto eu te envolvo com
o resto, disse Ancash
empunhando a manta.

É lã pura vai segurar todo o calor do seu corpo se
envolvermos direito vamos Gerião
você precisa levantar o seu —
Escute Ancash, Gerião interrompeu, *isso é ótimo agradeço*
de verdade mas acho
que seria melhor se você só
deixasse as mantas aqui e me deixasse fazer isso sozinho —
Não seja tonto Gerião
como você vai fazer isso sozinho? Precisa dar umas duas ou
três voltas ao redor do seu corpo
depois você deita e eu empilho as outras em cima —
Não Ancash de verdade eu não —
Gerião às vezes você testa a minha paciência só faça isso
ok? Só me dê um voto
de confiança eu tive um dia muito longo.
Ancash deu um passo à frente e puxou o sobretudo de
Gerião pelos ombros
e depois pelos braços. O sobretudo foi ao chão.
Depois enfiou a manta nas mãos de Gerião e o girou de
modo que pudesse
começar a envolvê-lo a partir das costas.
Subitamente a noite era uma tigela de silêncio. *Jesus Maria*
José,
disse Ancash à meia-voz.
Deu um assobio baixo. Ancash ainda não tinha visto as
asas de Gerião.
Elas farfalharam através das duas fendas
cortadas nas costas da camiseta de Gerião e murcharam um
tanto no vento noturno.
Ancash correu lentamente os dedos
pelos suportes vermelhos que articulavam cada base das
asas. Gerião estremeceu.
Pensou se não estaria prestes a desmaiar.

Yazcamac, murmurou Ancash. Ele tomou Gerião pelos
       braços e o girou
até ficarem de frente. *Perdão?* disse Gerião
numa voz longínqua. *Senta aqui temos que conversar.*
       Ancash sentou Gerião
no catre. Pegou uma manta
do chão e a jogou em torno dos ombros de Gerião
       sentando-se em seguida ao lado dele.
Obrigado, balbuciou Gerião
puxando a manta sobre a cabeça. *Agora me escute
       Gerião,*
Ancash dizia,
*tem um vilarejo nas montanhas ao norte de Huaraz
       chamado Jucu e em Jucu
eles acreditam em algumas coisas estranhas.
É uma região vulcânica. Não está ativo agora. Antigamente
       veneravam
o vulcão como sendo um Deus e até
jogavam pessoas lá dentro. Como sacrifício?* perguntou
       Gerião cuja cabeça já havia saído da manta.
*Não não exatamente. Mais como um procedimento de
       teste. Estavam à procura de pessoas
lá de dentro. Sábios.
Homens santos eu diria. A palavra em quéchua é* Yazcol
       Yazcamac *significa*
Os Que Foram e Viram e Voltaram —
acho que os antropólogos dizem testemunhas oculares. *Tais
       pessoas existiram de fato.
Ainda contam histórias sobre elas.
Testemunhas oculares*, disse Gerião.
*Sim. Pessoas que viram o interior de um vulcão.
E voltaram.
Sim.
Como é que voltam?*

Asas.

Asas? Sim é o que dizem que os Yazcamacs retornam como
gente vermelha com asas,
todas as suas fraquezas incineradas —
e também sua mortalidade. Qual o problema Gerião.
Gerião estava se coçando furiosamente.
Tem alguma coisa me mordendo, ele disse.
Ah merda por onde será que essa manta andou. Aqui
— Ancash puxou-a para si —
me dê isso. Provavelmente
carrapatos de papagaio esses pássaros são — Hombres!
disse Héracles saltando escada acima.
Adivinhem só! Nós vamos pra Huaraz!
Sua mãe quer me mostrar a cidade! Ancash encarou inerte
Héracles
que não reparou mas
se jogou no catre ao lado de Gerião. *Vamos ver os altos*
Andes Gerião!
amanhã assim que acordar
vou alugar um carro e partimos. Ao anoitecer já estamos lá
diz ela. A Marguerite
vai dar um dia de folga pra sua mãe
ele disse virando para Ancash, *então podemos ficar todo o*
fim de semana voltar no domingo à noite —
o que acha?
Ele sorriu para Ancash. *Acho que você é muito malandro*
é isso que acho.
Isso! Héracles riu
e deu um piparote na manta de Gerião. *Sou um domador*
de monstros não sou?
Ele agarrou Gerião
e o derrubou para trás sobre o catre. *Vá se foder Héracles*,
a voz de Gerião saiu
abafada de baixo do braço de Héracles.

Mas Héracles se ergueu de um pulo — *Preciso ligar pra locadora de carros* — e saiu correndo escada abaixo.
Ancash observou Gerião em silêncio
enquanto este se recompunha na beirada da cama e lentamente endireitava as costas.
Gerião você vai precisar tomar cuidado em Huaraz.
Há gente lá que ainda está à procura de testemunhas oculares. Se reparar em alguém
de olho na sua sombra
você venha me buscar, certo? Ele sorriu. *Certo.* Gerião quase sorriu.
Ancash se deteve.
E escute se você ficar com frio hoje à noite pode dormir comigo. Com um olhar acrescentou,
Só dormir. Ele saiu.
Gerião permaneceu sentado contemplando acima dos telhados escuridão adentro. À noite o Pacífico é vermelho
e exala uma fuligem de desejo.
A cada dez metros mais ou menos ao longo do quebra-mar Gerião podia ver pequenos casais entrelaçados.
Pareciam bonecos.
Gerião desejou poder invejá-los mas não os invejava.
Preciso sair daqui,
pensou. Imortal ou não.
Ele subiu para o seu saco de dormir e dormiu até o amanhecer sem se mexer.

XXXVIII. CARRO

Gerião estava sentado no banco de trás observando o
        contorno do rosto de Héracles.

—

Ele tinha sonhado com espinhos. Uma floresta de imensos
        espinheiros marrons negrejados
onde criaturas parecidas
com jovens dinossauros (no entanto estranhamente
        cativantes) irrompiam
pelo mato rasteiro e iam rasgando
o seu couro que caía atrás deles em longas tiras vermelhas.
        Chamaria
a fotografia de "Humanos enamorados".
Héracles no banco da frente abaixou sua janela para
        comprar um tamale.
Eles estavam dirigindo
pelo centro de Lima. A cada semáforo o carro era sitiado
por um enxame de crianças
vendendo comida, fitas-cassete, crucifixos, notas de dólar
        americano e Inca Kola.
Vamos! gritou Héracles
empurrando os braços de várias crianças para fora do carro
        enquanto a mãe de Ancash
trocava de marcha e arrancava.
Claros cheiros de tamale preencheram o carro. Ancash
        afundou no sono novamente

com sua cabeça contra
um grosso nó de pano engordurado que tapava um dos
buracos na lateral do carro.
Consegui um com ar-condicionado!
Héracles anunciara com um sorriso ao retornar da
locadora.
A mãe de Ancash nada disse,
como era seu costume, mas fez um gesto para que saísse do
banco do motorista. Então ela
tomou o volante e lá foram eles.
Dirigiram por horas pela imunda borra branca dos
subúrbios de Lima
onde as casas eram sacas de cimento
empilhadas até um teto de papelão ou pneus de automóvel
dispostos em círculo com um pneu
queimando no meio.
Gerião viu crianças em uniformes imaculados com
pontiagudos colarinhos brancos
emergirem das casas de papelão
e caminharem pela beira da rodovia rindo pulando
segurando
alto suas pastas. Depois Lima terminou.
O carro estava enclausurado num denso punho de névoa.
Continuaram dirigindo às cegas. Nenhum sinal
de estrada ou mar. O céu escureceu.
De forma igualmente repentina a névoa terminou e eles
chegaram a um platô ermo onde
íngremes paredes verdes de cana-de-açúcar
erguiam-se dos dois lados do carro. A cana-de-açúcar
terminou. Foram subindo
e subindo e subindo
por curvas fechadas talhadas na rocha exposta cada vez
mais alto a tarde inteira.

Passaram um carro ou dois
depois ficaram completamente sozinhos enquanto o céu os
     erguia para si.
Ancash dormia.
Sua mãe não falava. Héracles estava estranhamente quieto.
     No que estará pensando?
Gerião se perguntou.
Gerião viu rochas pré-históricas passando pelo carro e
     pensou sobre pensar.
Mesmo quando eram amantes
ele jamais soubera em que Héracles estava pensando. Por
     vezes ele dizia,
No que você está pensando?
e sempre calhava de ser alguma coisa esquisita como um
     adesivo de carro ou um prato
que ele tinha comido anos atrás num restaurante chinês.
Em que pensava Gerião Héracles nunca perguntava. No
     espaço entre os dois
formou-se uma nuvem perigosa.
Gerião sabia que não devia readentrar a nuvem. O desejo
     não é coisa leve.
Podia ver os espinhos brilhando
com suas nódoas negras. Héracles uma vez lhe contara que
     tinha a fantasia
de fazer amor num carro
com um homem que lhe atasse as mãos à porta. Talvez ele
     esteja pensando nisso agora,
pensou Gerião enquanto observava
o contorno do rosto de Héracles. Repentinamente o carro
     subiu ao ar e
novamente caiu sobre a estrada com um estrondo.
Madonna! cuspiu a mãe de Ancash. Ela trocou de marcha
     enquanto avançavam a solavancos.

A estrada vinha se tornando cada vez
mais rochosa ao longo da subida e agora era pouco mais
        que um caminhozinho de terra mosqueado
de rochedos. Parecia
que a escuridão já havia baixado mas então o carro fez
        uma curva e o céu
correu a abrir-se diante deles —
barca de ouro onde os últimos momentos do entardecer
        explodiam — depois mais uma curva
e o breu a tudo extinguiu.
Eu super comia um hambúrguer agora, anunciou Héracles.
Ancash gemeu no sono.
A mãe de Ancash nada disse. O carro passou por uma
        pequena casa de cimento sem teto.
Depois outra. Depois um amontoado
de mulheres acocoradas no chão fumando cigarros ao
        clarão da lua.
Huaraz, disse Gerião.

XXXIX. HUARAZ

A água ferve em Huaraz a setenta graus centígrados.

—

É muito alto. A altitude fará saltar o seu coração. O
      povoado está contido por um anel
de montanhas de arenito descoberto
mas ao norte ergue-se um abrupto punho angular de neve
      total. *Andes!* gritou Héracles
ao entrar na sala de jantar.
Tinham pernoitado no Hotel Turístico de Huaraz. A sala
      de jantar dava para o norte
e estava tão escura contra
a luz da manhã lá fora que todos ficaram cegos por um
      momento. Sentaram-se.
Acho que somos os únicos hóspedes
neste hotel, disse Gerião passando os olhos pelas mesas
      vazias. Ancash assentiu.
Nada de turismo no Peru hoje em dia.
Nada de estrangeiros? Nada de estrangeiros e nada de
      peruanos. Ninguém mais se aventura ao norte de
      Lima
hoje em dia. Por quê? disse Gerião.
Medo, disse Ancash. *Esse café está com gosto estranho*,
      disse Héracles. Ancash serviu-se
e provou depois falou com a mãe em quéchua.

Ela diz que tem sangue aí dentro. Como assim sangue?
   Sangue de vaca, é uma receita local. Supostamente
fortalece o coração.
Ancash inclinou-se para a mãe e disse algo que a fez rir.
Mas Héracles estava olhando pela janela.
Essa luz é incrível! disse ele *É como na tevê!* Agora estava
   pondo a jaqueta.
Quem quer sair pra explorar?
Logo eles estavam seguindo pela rua principal de Huaraz.
   Ela sobe em agudas relações
de luz rumo ao punho de neve.
Ocupando os dois lados da rua há pequenas mesas de
   madeira onde se pode comprar chicletes Adams,
calculadoras de bolso, meias,
pães inteiros redondos e quentes, televisores, metros de
   couro, Inca Kola, lápides,
bananas, abacates, aspirina,
sabonete, pilhas AAA, escovas multiuso, faróis de
   automóvel, cocos, romances americanos,
dólares americanos. As mesas
são tripuladas por mulheres pequenas e duronas como
   caubóis que trajam camadas de saias
e negros chapéus fedora. Homens vestindo
empoeirados paletós negros e o chapéu fedora formam
   rodas para discutir. Crianças
vestindo uniformes escolares azuis
ou agasalhos esportivos e o chapéu fedora correm em torno
   das mesas. Há poucos sorrisos,
muitos dentes quebrados, nenhuma ira.
Ancash e sua mãe agora falavam em quéchua o tempo todo
   ou então em espanhol
com Héracles. Gerião manteve
a câmera na mão e falou pouco. Estou desaparecendo, ele
   pensou

mas as fotografias valeram a pena.
Um vulcão não é uma montanha como as outras. Levar
  uma câmera ao rosto tem efeitos
que ninguém pode calcular de antemão.

XL. FOTOGRAFIAS: ORIGEM DO TEMPO

É uma fotografia de quatro pessoas sentadas em volta de
uma mesa com mãos à frente delas.

—

O cachimbo brilha numa pequena tigela de barro
no meio. Ao lado uma lâmpada de querosene. Retângulos
monstruosos incendeiam as paredes.
Vou chamá-la "Origem do tempo",
pensou Gerião ao mesmo tempo em que lhe chegava de
algum lugar do cômodo um frio terrível.
Estava levando muito tempo
para ajustar a câmera. Enormes poças de um momento
insistiam em se abrir ao redor de suas mãos
a cada vez que ele tentava movê-las.
O frio estava limando os lados de seu campo de visão
deixando um estreito canal ao fim do qual
o choque — Gerião sentou-se
subitamente sobre o chão. Jamais estivera tão chapado na
vida. Estou nu demais,
ele pensou. Esse pensamento pareceu-lhe profundo.
E quero estar apaixonado por alguém. Também isso
ressoou fundo nele. Tudo equivocado.
O equívoco veio como um dedo solitário
fatiando o recinto e ele se esquivou. *Que foi isso?* disse um
dos outros
voltando-se para ele séculos depois.

XLI. FOTOGRAFIAS: JEATS

É um retrato em close da perna esquerda da calça de Gerião
um pouco abaixo do joelho.

——

Descansando a câmera na janela traseira do carro Gerião
está observando a estrada
precipitar-se atrás deles
numa luz tão brilhante que parece a um só tempo quente e
fria. O carro desabala sobre cascalhos
e pedras viajando
quase verticalmente pela íngreme trilha montanhosa que
conduz a Icchantikas.
Viajar de carro causa hemorroidas em algumas pessoas.
Cada vez que o carro o joga para cima e para baixo Gerião
emite um pequeno grito vermelho.
Ninguém o ouve.
Héracles e Ancash no banco da frente estão (em inglês)
discutindo Yeats que
Ancash pronuncia *Jeats*.
Jeats não. Yeats, diz Héracles. *O quê? Yeats não Jeats. Soa
igual pra mim.*
É como a diferença entre Jell-O, gelatina, e yellow, amarelo.
Jellow?
Héracles suspira.
Inglês é difícil pra caralho, anuncia inesperadamente a mãe
de Ancash do banco de trás

e isso encerra o assunto —
Ancash aciona os freios e o carro salta, parando. A maçã
        quente de Gerião sobe pelo ânus
até a espinha como um picador de gelo
quando quatro soldados surgem de parte alguma e cercam
        o carro. Gerião está ajustando o foco
da câmera nas suas armas
quando a mãe de Ancash desliza a mão esquerda sobre o
        obturador e gentilmente a empurra
para longe da vista entre os joelhos de Gerião.

XLII. FOTOGRAFIAS: OS MANSOS

É uma fotografia de dois *borricos* pastando grama pontuda
    num restolho.

—

O que têm os *borricos*?
está pensando Gerião. À exceção de *borricos* não há muito
    que ver pela janela do carro
enquanto ele e a mãe esperam
sentados no banco de trás. Os policiais levaram Ancash e
    Héracles pela estrada
e sumiram no interior de uma pequena casa de adobe.
Os *borricos* buscam e mascam com suas longas orelhas de
    seda anguladas para o céu quente.
Seus pescoços e joelhos nodosos
deixam Gerião triste. Não triste não, decide ele, então o
    quê? A mãe de Ancash diz umas poucas
rápidas ásperas palavras em espanhol
de seu lado do carro. Hoje ela parece estar dizendo com
    audácia tudo o que pensa, talvez
ele faça o mesmo.
O que têm os borricos? ele diz em voz alta. *Acho que estão
    esperando herdar a terra,*
ela responde em inglês
com um risinho rouco no qual ele passa o resto do dia
    pensando.

XLIII. FOTOGRAFIAS: EU SOU UM BICHO

É uma fotografia de uma porquinha-da-índia deitada sobre
o seu lado direito em um prato.

——

Ela está rodeada de salada de repolho e grandes fatias
redondas de batata-doce.
Dois dentes minúsculos perfeitos
projetam-se sobre seu lábio inferior enegrecido. Sua pele
ainda chiando do fogo
emite um brilho quente e seu olho esquerdo
está voltado para cima fitando Gerião diretamente. Ele toca
o flanco duas vezes timidamente com o garfo
depois descansa o utensílio
e aguarda o fim da refeição. Enquanto isso Héracles e
Ancash e a mãe
e os quatro soldados
(que os convidaram a todos para o almoço) estão
trinchando e mascando com gáudio. Gerião
estuda o cômodo. Sombras do meio-dia
descem por um buraco para a luz aberto no teto. Um
grande fogão negro de ferro ainda crepita.
O chão está coberto de esteiras
de palma entrelaçada e alguns porquinhos-da-índia
sobreviventes saltitam perto do fogão.
Apoiada sobre três caixotes de Inca Kola

está a tevê de frente para a mesa. Está passando *Jeopardy!*,
    volume baixo. Quatro armas descansam à porta.
O Icchantikas está ativo sim
(um dos soldados está dizendo a Héracles) *você vai ver*
    quando chegar a Jucu.
A cidade foi construída na encosta
do vulcão — há buracos na parede pelos quais se pode
    olhar e ver o fogo.
Eles usam os buracos pra assar pão.
Não acredito em você, diz Héracles. O soldado dá de
    ombros. A mãe de Ancash ergue os olhos.
É verdade, diz ela. *Pão de lava.*
Te deixa fogoso. Um sorriso oleoso passa entre os
    soldados.
O que significa Icchantikas? pergunta Gerião.
Ancash olha para sua mãe. Ela diz alguma coisa em
    quéchua. Ancash vira para Gerião
mas um dos soldados interrompe
dirigindo-se num espanhol rápido à mãe de Ancash. Ela
    observa o soldado por um momento
e depois empurra a própria cadeira para trás.
Muchas gracias hombres, diz ela. *Estamos indo.* No olho
    esquerdo já mais frio do porquinho-da-índia
estão todos refletidos
afastando suas cadeiras e apertando as mãos. O olho
    esvazia.

XLIV. FOTOGRAFIAS: OS VELHOS TEMPOS

É uma fotografia das costas nuas de um homem, longas e
   azuladas.

——

Héracles postado à janela contemplando a escuridão antes
   da alvorada.
Quando faziam amor
Gerião gostava de tocar em lenta sucessão cada um dos
   ossos das costas de Héracles
enquanto ela arqueava-se para longe e adentrava
sabe-se lá qual de seus sonhos obscuros, correndo ambas as
   mãos por todo o percurso
da nuca
até o fim da espinha que ele consegue fazer tremer como
   uma raiz na chuva.
Héracles faz
um som grave e mexe a cabeça sobre o travesseiro,
   lentamente abre os olhos.
Ele começa.
Gerião qual o problema? Meu Deus eu odeio quando você
   chora. O que foi?
Gerião pensa com força.
Eu amei você um dia, agora não te conheço mais. Ele não
   diz isso.
Eu estava pensando sobre o tempo — ele tateia —

sabe como as pessoas estão distantes no tempo juntas e
　　　　distantes ao mesmo tempo — ele para.
Héracles limpa lágrimas do rosto de Gerião
com uma mão. *Você não consegue só trepar e não pensar?*
　　　　Héracles sai da cama
e entra no banheiro.
Depois ele volta e fica à janela por um longo tempo.
　　　　Quando retorna
para a cama já está clareando.
Bom Gerião mais uma típica manhã de sábado eu rindo e
　　　　você aos prantos,
diz ele subindo na cama.
Gerião o observa puxar a coberta até o queixo. *Como nos*
　　　　velhos tempos.
Como nos velhos tempos, Gerião diz também.

XLV. FOTOGRAFIAS: BEM COMO, NÃO COMO

Era uma fotografia bem como nos velhos tempos. Ou não
      era?

—

Escorregou da cama com rapidez. Espinhos ao redor negros
      e brilhantes
mas ele atravessou incólume
e saiu pela porta ajustando o sobretudo enquanto ia.
      Corredor deserto
exceto pelo sinal vermelho de SAÍDA no final.
Empurrando com força a barra de segurança da porta ele
      saiu para a aurora cor de sangue.
Não era o estacionamento. Ele estava nos escombros
do jardim do hotel. Rosas arruinadas de todas as
      variedades estacavam rígidas em seus caules.
Secas lâminas de funcho estalavam
no ar frio e se curvavam bem baixo quase até o chão
      vertendo coisas douradas plumosas.
Que cheiro é esse?
Gerião estava pensando e então viu Ancash. No fundo do
      jardim num banco
cavado no tronco de um grande pinheiro. Sentado
imóvel com os joelhos sob o queixo e os braços cruzados
      sobre os joelhos. Os olhos demoraram-se
em Gerião enquanto ele atravessou o jardim,

hesitou e em seguida sentou no chão em frente ao banco.

'*Día*, disse Gerião.

Ancash o encarou em silêncio.

Parece que você não dormiu muito, disse Gerião.

....

Meio frio aqui fora você não está com frio aqui parado?

....

Talvez a gente pudesse tomar o café da manhã.

....

Ou só caminhar até o centro eu bem tomaria um café.

....

Gerião estudou o chão diante dele por um tempo. Desenhou
um pequeno diagrama
na terra com o dedo.

Olhou para cima. Seus olhos se cruzaram com os de Ancash
e os dois se levantaram juntos e Ancash golpeou
Gerião no rosto
com toda a força que tinha na palma aberta de sua mão.
Gerião cambaleou para trás e Ancash
o acertou novamente com a outra mão
fazendo Gerião cair de joelhos. Ele é ambidestro! pensou
Gerião com admiração
enquanto se punha de pé com dificuldade balançando
descontroladamente. Teria acertado um soco no pinheiro e
quebrado a mão
se Ancash não o tivesse segurado.

Cambalearam juntos e se equilibraram. Em seguida Ancash
desenlaçou seus braços e afastou-se.

Com a frente da camiseta
limpou catarro e sangue do rosto de Gerião. *Sente-se*, disse
ele empurrando Gerião até o banco.

Incline a cabeça pra trás.

Gerião sentou e apoiou a cabeça contra o tronco da árvore.

Não engula, disse Ancash.

Gerião podia ver Vênus entre os galhos do pinheiro. Ainda
   assim, pensou ele, gostaria
de esmurrar alguém.
Então, disse Ancash limpando sem jeito a clara marca roxa
   na face direita de Gerião.
Gerião esperou.
Você o ama? Gerião pensou a esse respeito. *Nos meus
   sonhos sim. Nos seus sonhos?*
Sonhos dos velhos tempos.
*Quando você o conheceu pela primeira vez? Sim, quando
   eu — o conheci.*
E agora?
Sim — não — eu não sei. Gerião levou as mãos ao rosto e
   depois as deixou cair.
Não agora sumiu.
Ficaram quietos por um tempo depois Ancash disse, *Então*.
Gerião esperou.
Então como é — Ancash parou. Começou de novo. *Como
   é que é foder com ele agora?*
Degradante, disse Gerião
sem hesitar e viu Ancash recuar diante da palavra.
Desculpe eu não devia ter dito isso,
disse Gerião mas Ancash já tinha atravessado o jardim.
   Na porta ele se voltou.
Gerião?
Sim.
Tem uma coisa que eu quero de você.
Diga.
Quero ver você usando essas asas.
Um silêncio se lançou pelas altas cabeças douradas dos
   caules de funcho entre eles.
Dentro desse silêncio irrompeu Héracles.
Conchitas! ele berrou ao atravessar a porta de saída. *Buen'
   día!* Então ele viu o rosto de Ancash

e olhou para Gerião e se deteve.

Ah, disse ele. Gerião estava revirando o fundo do imenso
        bolso de seu casaco. Ancash saiu empurrando

Héracles. Sumiu para dentro do hotel.

Héracles olhou para Gerião. *Hora do vulcão?* disse ele. Na
        fotografia o rosto de

Héracles está branco. É o rosto

de um velho. É uma fotografia do futuro, pensou Gerião
        meses depois quando

estava em seu quarto escuro

olhando para a solução de ácido e vendo a semelhança
        surgir tateando dos ossos.

XLVI. FOTOGRAFIAS: # 1748

É uma fotografia que ele nunca tirou, ninguém aqui a tirou.

———

Gerião está de pé ao lado da cama em seu sobretudo vendo
       Ancash lutar para acordar.
Ele tem em mãos o gravador de fita.
Quando vê os olhos de Ancash abertos ele diz, *As pilhas*
       duram quanto tempo?
Umas três horas, responde Ancash
sonolento do travesseiro. *Por quê? O que você está*
       aprontando? Que horas são?
Umas quatro e meia, disse Gerião, *volte a dormir.*
Ancash balbucia uma palavra e resvala de volta para
       debaixo de seu sonho. *Quero te dar*
uma lembrança minha,
sussurra Gerião ao fechar a porta. Ele não voa há anos mas
       por que não
ser um
grânulo negro que devassa o caminho rumo à cratera do
       Icchantikas sobre gélidos possíveis,
por que não contornar
os inumanos Andes de um ângulo pessoal e retroceder
       quando girar — se girar
e se não, ganhar
rajadas de vento como bofetadas de madeira e o rufar
       vermelho amargo do músculo das asas no ar —

ele aperta *Record*.
Isto é pra Ancash, ele diz à terra que encolhe logo abaixo
           de si. Isto é uma memória de nossa
beleza. Baixa os olhos
para o terroso coração do Icchantikas despejando todos os
           seus fótons pelo olho ancestral e sorri para
a câmera: "O único segredo que as pessoas guardam".

XLVII. OS LAMPEJOS EM QUE UM HOMEM SE ASSENHORA DE SI

Farinha polvilha o ar ao redor deles e assenta em seus
      braços e olhos e cabelos.

—

Um homem amolda a massa,
os outros dois a põem com pás de longas hastes num
      buraco quadrado cheio de chamas
cortado na parede dos fundos.
Héracles e Ancash e Gerião pararam do lado de fora da
      padaria para contemplar
o buraco de fogo.
Depois de discutir o dia todo saíram para caminhar pelas
      escuras ruas de Jucu.
É uma meia-noite sem estrelas nem vento.
O frio emerge perfurando as antiquíssimas rochas abaixo.
      Gerião caminha atrás dos outros.
Pequenos jatos de ácido
ficam enchendo sua boca por conta de dois tamales de
      pimenta vermelha comidos com pressa há
      algumas horas.
Estão seguindo a paliçada.
Passam por um beco depois viram uma esquina e lá está
      ele. Um vulcão numa parede.
Está vendo isso, diz Ancash.
Que beleza, Héracles exala. Ele está olhando para os
      homens.

Me refiro ao fogo, diz Ancash.
Héracles sorri no escuro. Ancash observa as chamas.
Somos seres incríveis,
Gerião está pensando. Somos vizinhos do fogo.
E agora o tempo se precipita na direção deles
que estão lado a lado, os braços encostados, imortalidade
em suas faces,
noite às suas costas.

ENTREVISTA

(ESTESÍCORO)

P: Um crítico fala de uma espécie de drama de ocultamento que acontece no seu trabalho um interesse especial em descobrir o que fazem ou como agem as pessoas quando sabem que informações importantes estão sendo retidas isto pode ter relação com uma estética da cegueira ou mesmo uma vontade de cegueira se isso não for uma tautologia
R: Vou lhe falar da cegueira
P: Sim faça-o
R: Primeiro devo lhe falar da visão
P: Ótimo
R: Até 1907 estive seriamente interessado na visão estudava e praticava eu gostava
P: 1907
R: Vou lhe falar de 1907
P: Por favor
R: Primeiro devo lhe falar do que vi
P: Ok
R: Quadros cobriam as paredes por completo até o teto na época o ateliê tinha iluminação a gás e brilhava como um dogma mas não foi isso o que eu vi
P: Não
R: Naturalmente eu via o que via

P: Naturalmente

R: Eu via tudo o que todos viam

P: Bem sim

R: Não o que quero dizer é que tudo o que todo o mundo via todo o mundo via porque eu via

P: É mesmo

R: Eu estava (muito simplesmente) encarregado de ver pelo mundo afinal de contas a visão é apenas uma substância

P: Como você sabe disso

R: Eu vi

P: Onde

R: Onde quer que eu olhasse jorrava dos meus olhos eu era responsável pela visibilidade de todos era um imenso prazer ele crescia diariamente

P: Um prazer você diz

R: Claro que tinha seu lado desagradável eu não podia piscar senão o mundo ficava cego

P: Então nada de piscar

R: Nada de piscar de 1907 em diante

P: Até

R: Até o começo da guerra depois eu esqueci

P: E o mundo

R: O mundo seguiu em frente tal como antes falemos de outra coisa agora

P: Descrições podemos falar sobre descrições

R: Qual a diferença entre um vulcão e um porquinho-da-índia não é uma descrição o porquê de serem como são é uma descrição

P: Presumo que esteja falando em termos formais mas e o conteúdo

R: Nenhuma diferença

P: E o seu heroizinho Gerião

R: Exatamente é de vermelho que eu gosto e existe um vínculo entre geologia e caráter

P: Que vínculo é esse
R: Com frequência me fiz essa pergunta
P: Identidade memória eternidade seus temas recorrentes
R: E como o arrependimento pode ser vermelho e será que
P: O que nos leva a Helena
R: Não há Helena
P: Acho que o nosso tempo acabou
R: Obrigado por isto e por tudo
P: Eu que agradeço
R: Tão feliz por você não ter perguntado do cãozinho vermelho
P: Na próxima
R: São três

SOBRE A AUTORA

Anne Carson nasceu no Canadá e ganha a vida dando aulas de grego antigo. Os prêmios que recebeu incluem o Lannan Award, o Pushcart Prize, o Griffin Trust Award for Excellence in Poetry, uma bolsa Guggenheim e o MacArthur "Genius" Award.

SOBRE O TRADUTOR

Ismar Tirelli Neto nasceu em 1985 no Rio de Janeiro. É poeta, ficcionista, tradutor, performer bissexto e roteirista cinematográfico, autor dos livros *synchronoscopio* (2008), *Ramerrão* (2011), *Os ilhados* (2015), *Alguns dias violentos* (plaquete, 2014), *Os postais catastróficos* (2018), todos publicados pela 7Letras, *A mais ou menos completa ausência* (Ó Editorial, 2018), *Duas ou três coisas airadas* (Luna Parque, 2016), este último em parceria com Horácio Costa, e *Alguns dias violentos* (Macondo, 2021), que inclui poemas inéditos e da plaquete de mesmo nome. Contribui para *O Globo, Folha de S. Paulo, Suplemento Pernambuco, Revista Select, Blog do IMS, Neue Rundschau* (Berlim), *Relâmpago* (Lisboa) e *Jacket2* (Filadélfia), entre outros periódicos. Traduziu os livros *There, There*, de Tommy Orange (*Lá não existe lá*, Rocco, 2018), *Silence*, de John Cage (*Silêncio*, Cobogó, 2020, com Beatriz Bastos), e uma seleta de escritos de Gordon Lish (*Coleção de ficções 1*, Numa, 2016). Atualmente vive em São Paulo e ministra oficinas de escrita criativa.